HEYNE <

Das Fell des Bären

MATTEO RIGHETTO

ROMAN

Aus dem Italienischen
von Bruno Genzler

WILHELM HEYNE VERLAG
MÜNCHEN

Die Originalausgabe *La pelle dell'orso*
erschien bei Guanda Editore, Parma

FSC
www.fsc.org
MIX
Papier aus verantwortungsvollen Quellen
FSC® C014496

Verlagsgruppe Random House FSC® N001967

Vollständige deutsche Taschenbuchausgabe 02/2019

Printed in Germany
Umschlaggestaltung: © Nele Schütz Design, München
unter Verwendung von Getty Images/Viaframe
Satz: Leingärtner, Nabburg
Druck und Bindung: GGP Media GmbH, Pößneck
ISBN: 978-3-453-42287-2

www.heyne.de

Für meine Töchter Maria und Lucia

Das ist heute nur einer von den vielen Tagen, die noch kommen werden. Aber das, was du heute tust, kann für die kommenden Tage entscheidend sein.

Ernest Hemingway
Wem die Stunde schlägt

1

Vorsichtig strich Domenico sich mit der Handfläche über die rechte Wange. Er passte auf, dass er keinen Druck auf den Bluterguss ausübte, um den herum noch die Abdrücke kräftiger Finger zu sehen waren. Der Schmerz von gestern war heute nur noch ein lästiges Jucken. Das Schlimmste war also überstanden. Aber Gelegenheiten, sich weitere Ohrfeigen einzufangen, gab es genug. Damit musste er rechnen, ebenso wie mit der sehr viel ernsteren Gefahr, auf diesen entsetzlichen Bären zu stoßen, der jetzt in aller Munde und in ihrer Gegend schon so etwas wie ein Mythos geworden war. Doch vor dem hatte er keine Angst. Obwohl ihn alle davor warnten, sich allein zum Fluss aufzumachen, ließ Domenico sich dieses Vergnügen nicht nehmen.

Er hockte auf einem Felsblock aus hellem Gestein und ließ die Beine über das Wasser baumeln. In einer Hand hielt er einen Kanten Schwarzbrot, den er hin und wieder zum Mund führte, um davon abzubeißen, in der anderen seine Angel. Allerdings nicht so eine, wie man sie im Geschäft unten im Tal kaufen konnte, nein, es handelte sich um eine Birkenrute, an deren oberem Ende, gewissenhaft verknotet, eine Schnur befestigt war, mit einem alten, halb verrosteten Angelhaken daran. Einfach, aber äußerst wirkungsvoll. Immerhin hatte er es mit dieser behelfsmäßigen Konstruktion noch jedes Mal geschafft, einen Haufen Forellen aus dem Wasser zu ziehen.

Einige Meter unterhalb des mächtigen Felsblocks aus Dolomit, auf dem er saß, hatte sich der Fluss eine Ausbuchtung mit dunkelblauem Wasser gegraben, sehr tief und mindestens so groß wie eine Kuh auf der Weide. Ein idealer Lebensraum für die Forellen.

Eigentlich angelte Domenico nie zweimal an derselben Stelle, aber vor einiger Zeit hatte er herausgefunden, dass es hier von Fischen nur so wimmelte, sodass er sein Vergnügen bequemer haben konnte. Allerdings war es mit der Bequemlichkeit so eine Sache, wenn man mit dem Hintern auf einem scharfkantigen Felsen saß.

Auch heute versuchte der Junge sein Glück wieder an dieser Stelle. Und während er so dasaß und angelte, wiegte er sich in den immer gleichen Tagträumen: Er stellte sich vor, Großes zu schaffen, ein außergewöhnliches Leben zu führen, träumte davon, tausenderlei Abenteuer zu bestehen und Heldentaten zu vollbringen, die mit seinem täglichen Trott rein gar nichts zu tun hatten. Wie gern wäre er etwa dieser Tom Sawyer gewesen, von dem ihnen die Italienischlehrerin in der Schule schon häufiger erzählt hatte. Doch sobald er wieder auf dem Planeten Erde gelandet war, musste er sich eingestehen, dass die Aussichten auf ein richtiges Abenteuer in seinem Leben verschwindend gering waren.

Verdrossen biss er noch einmal von seinem Brotkanten ab. Eigentlich knabberte er nur, um länger davon zu haben. Dann warf er die Angelschnur mit der aufgespießten Kugel aus gelber Polenta am Haken aus und schaute sich um, als sehe er das alles, was er vor Augen hatte, zum ersten Mal.

2

Er liebte den Herbst, der die Wälder in leuchtende Gemälde verwandelte. Obwohl er einem Winter vorausging, der hoch in den Bergen kein Ende zu nehmen schien, war und blieb er seine liebste Jahreszeit.

Manche Herbsttage kamen Domenico geradezu überwältigend schön vor, und schon früher hatte er häufiger überlegt, dass dieses Himmelsblau und diese in alle möglichen Rot-, Braun- und Gelbtöne gekleideten Wälder nur Zauberei sein konnten, das Werk der *mazaròl* und *salvanèl*, jener Kobolde und Geister, die in den Bergen wohnten.

Einmal hatte er davon reden hören, dass es in den Städten im Tal ganz anders sei, dass es dort keinen Unterschied zwischen Herbst und Winter gebe, beide

Jahreszeiten seien gleich grau und verregnet und versänken im Nebel, ein trauriges Bild, das er sich kaum vorstellen konnte.

Hier in den Bergen hingegen hatte jede Jahreszeit ihre besonderen Farben, jeder Monat seine eigenen Gerüche, jeder Tag einen anderen Himmel.

Domenico biss noch einmal von dem alten Brot ab, lockerte kauend ein klein wenig die Angelschnur, legte den Kanten zu Boden und strich sich die Haare zurück, die ihm in die Stirn gefallen waren. Für sein Alter war er recht klein und dünn, und sein glattes Haar erinnerte an Rabengefieder. Die Sommersprossen und Fältchen links und rechts der Augen hatte er von seiner Mutter geerbt. Sein Blick war wach und offen, und doch schien sich, der Mondscheibe bei Neumond ähnlich, dahinter in seinem Gesicht noch etwas anderes, etwas Geheimnisvolles und Melancholisches zu verbergen.

Er wünschte sich, schnell erwachsen zu werden. Und stark. Denn im Moment fühlte er sich fast noch wie ein Kind. Er war ja auch erst zwölf, wusste jedoch für sein Alter bereits sehr viel und war weit unabhängiger als irgendein Junge aus der Stadt. Er war aufgeweckt und pfiffig, zugleich schüchtern und in sich gekehrt. Er lernte eifrig, würde gern nach der Mittelstufe bis zum Abitur weiter die Schule besuchen, aber er ahnte schon, dass sein Vater ihm das niemals gestatten würde. Domenico liebte es, allein zu sein und seinen

Gedanken nachzuhängen. Ja, er war ein Träumer, und oft reichte ein Windhauch, eine neue Wolkenformation am Himmel, ein Rascheln in den Blättern, um seine Fantasie in Gang zu setzen. Doch fehlte ihm auch manches, vor allem die Zuneigung von Menschen, die ihm nahestanden.

Der Junge betrachtete die Lärchen, Buchen und Eichen ringsum, die wie gemalt aussahen.

Er hob den Blick und erspähte weit, weit über sich, in Richtung der Gipfel der Averaugruppe, einen mächtigen Adler, der auf Nahrungssuche seine Kreise zog. Unwillkürlich lächelte der Junge und überlegte, dass die größten Tiere der Bergwelt eine ganz besondere Ausstrahlung besaßen, etwas Magisches, Feierliches wie die Pfingstprozession oder die gesungene Christmette am Weihnachtsabend. Adler, Wölfe, Hirsche, Bären. Diese Tiere wussten instinktiv, dass sie etwas Majestätisches hatten, das sie aus dem Kreis der anderen hervorhob. Einen Bären allerdings hatte er selbst noch nie gesehen, ganz zu schweigen von diesem Ungeheuer, von dem jetzt alle redeten.

3

An diesem Tag war er eine Stunde später als gewöhnlich aus der Schule heimgekehrt, weil der Bus, der die Strecke von Agordo bis Colle Santa Lucia hinauffuhr, einen Platten hatte.

Als er das Haus betrat, war sein Vater nicht da, und so hatte Domenico nur seine Mappe auf der hölzernen Ofenbank abgelegt und begonnen, einige seiner Pflichten zu erledigen. Denn so klar der Himmel auch war, wurde die Sonne jetzt mit jedem Tag träger, sodass ihm nicht mehr als eine Stunde für seinen Ausflug zum Fluss blieb.

Er wusch Kohl, schnippelte grüne Bohnen und weichte Graupen ein, um daraus am Abend eine Suppe zu kochen; er putzte die Schuhe, die sein Vater sonntags trug. Schließlich ging er in den kleinen Stall hinüber, um die Kuh zu striegeln und zu tränken. Sie hieß Isotta und diente vor allem dazu, den alten Holzkarren zu ziehen. Ein Auto oder auch nur ein Moped besaßen sie nicht.

Endlich konnte er seine Angelausrüstung zusammenpacken und sich eilig zum Ufer des Codalonga aufmachen.

Das Tosen des Wildwassers war laut und hatte doch etwas Sanftes und Beruhigendes.

Je näher er dem Fluss kam, der oben beim Monte Pore entsprang und einem anderen Wildwasser, dem

Fiorentina, zuströmte, desto deutlicher spürte er dessen reißende Kraft.

Fast täglich suchte er diesen Ort auf, nur im Winter nicht, wenn alles hoch verschneit war, oder wenn sein Vater ihm Hausarrest verpasste oder befahl, sich im Stall oder auf dem Feld nützlich zu machen.

Nirgendwo fühlte Domenico sich so wohl wie am Wasser. Das Angeln bot ihm Gelegenheit, für sich zu sein, weit weg vom Zorn und den schwieligen, harten Händen seines Vaters Pietro. Dann warf er die Angelschnur aus, lauschte dem Rauschen des Flusses und ließ sich von den Bildern forttragen, die ihm durch den Kopf gingen und sein Herz bewegten. In diesen ersten Oktobertagen war das häufig die Erinnerung an seine Mutter, die zwei Jahre zuvor gestorben war, an ihren Duft, ihre Stimme. Oder sein schwieriges Verhältnis zum Vater. Seltener stellte er sich den Bären vor, von dem so viel gesprochen wurde. Schließlich war da noch Maria, das schönste Mädchen in Colle Santa Lucia, bei deren Anblick sein Herz jedes Mal einen Satz machte. Sie jedoch beachtete ihn nicht, vermutlich, weil er ein Jahr jünger war als sie.

Plötzlich spannte sich die Angelschnur, und Domenico schrak auf und begriff, dass eine Forelle angebissen hatte. Sogleich begann er, mit flüssigen, aber entschlossenen Bewegungen die Schnur langsam einzuholen, bis er den Haken aus dem Wasser und den

Fisch an Land gezogen hatte. Es war eine schöne, große Forelle, die da an der Angel zappelte, die dritte an diesem 6. Oktober und wahrscheinlich die letzte. Die Dämmerung setzte ein, und es wurde Zeit, nach Hause zu gehen.

4

Bevor er diese letzte Forelle fing, auch bevor er den Adler erblickte und zum Flussufer lief, und sogar noch, bevor der Bus mit einen Platten zum Stehen gekommen war, hatte ihn die Italienischlehrerin Verben abgefragt.

Sie hatte alle Formen wissen wollen, die Konjunktive, das Konditional und selbst das Gerundium. Domenico beherrschte sie, bekam eine Eins und wurde mit einer Berührung seiner Lehrerin, die ihm über den Kopf strich, belohnt.

Während er auf seinen Platz zurückkehrte, hatte ein Klassenkamerad eine Hand vor den Mund gelegt und den anderen »dieser verdammte Streber« zugezischt. Domenico hatte das nicht weiter beachtet und war einfach weitergegangen, stolz und aufgewühlt, mehr noch wegen der Geste der Lehrerin als wegen der Note.

Diese Eins, das wusste er, interessierte niemanden, am allerwenigsten seinen Vater, einen Tischler, der kaum noch einen anständigen Auftrag erhielt, höchstens einmal den, ein simples Wandbrett aus Tannenholz zu schreinern. Scheinbar wartete Pietro nur darauf, dass sein Sohn vierzehn wurde, um ihn dann irgendwohin zum Arbeiten schicken zu können, damit er etwas Geld nach Hause brachte, das er dann im Wirtshaus *Posta* versaufen konnte.

Domenico erreichte seine Bank, setzte sich und schaute aus dem Fenster. Er erblickte die dunklen Wälder oberhalb von Agordo. Er dachte an seinen Vater und überlegte, wie sehr der sich seit Mamas Tod verändert hatte, wie hart er geworden war: nie eine Liebkosung, nie ein Lächeln oder ein aufmunterndes Wort, nur Zornausbrüche, Beschimpfungen, Ohrfeigen.

Als er sich wieder dem Unterricht zuwandte, stand die Lehrerin mit ausgebreiteten Armen da, als predige sie vor der Klasse, und sprach über die Bedürfnisse schutzloser, notleidender Menschen. Dazu gab sie einen Satz des neuen Papstes wider, der gerade erst im Sommer gewählt worden war. Sie sagte den Schülern auch, wie dieser Papst vorher geheißen hatte, obwohl das alle längst wussten. Der Priester wiederholte es in jeder Messe.

Anschließend erzählte sie ihnen begeistert von einem schwarzen Amerikaner, der vor einigen Wochen vor vielen tausend Menschen eine wichtige Rede gehalten und davon gesprochen habe, dass er einen großen Traum habe.

»Ich habe einen Traum! Ich habe einen Traum!«, rief die Lehrerin zweimal mit einem seltsamen Glanz in den Augen.

Auch Domenico hatte einen Traum: sich mit Maria anzufreunden und sie zum Fluss mitzunehmen, mit ihr in den Bergen zu klettern und bei Sonnenuntergang die *enrosadira,* die Rosafärbung der höchsten Dolomitengipfel, zu bewundern, ihr dabei in die Augen zu schauen, ihr langes, blondes Haar zu berühren, ihren Atem in seinem Gesicht zu spüren und ihre kühle Haut zu streicheln. An all das dachte er, als eine Frage ihn jäh aus seinen Tagträumen riss. Luigino aus Caprile, ein Junge mit rötlichem Haar, so struppig wie vor Wochen geerntetes Heu, stellte sie:

»Haben Sie eigentlich Angst vor dem Bären, Frau Lehrerin?«

Obwohl sie jung und noch recht unerfahren war, hätte die Lehrerin eigentlich auf solch unpassende, für Schüler dieses Alters jedoch typische Einwürfe gefasst sein müssen. Aber der gedankliche Sprung von Paul VI. und Martin Luther King zu einem wilden Tier überforderte sie.

»Angst vor dem Bären?!«, fragte sie mit großen Augen zurück.

»Ja, vor diesem Riesenbären, der hier bei uns in der Gegend gesehen wurde«, sagte Luigino mit einer Stimme, in der Ungeduld mitschwang.

Schlagartig kam Bewegung in die Klasse, als wären die Kinder plötzlich aus einer langen, lähmenden Trägheit erwacht.

»Genau!«, rief jetzt Giovanni Agostini, der aufgesprungen und im Gesicht purpurrot angelaufen war, »jeder, der ihn gesehen hat, erzählt, was für ein schreckliches Ungeheuer dieser Bär ist.«

Filippo Pallùa hob den Arm und schnippte mit den Fingern, um die Lehrerin auf sich aufmerksam zu machen, und verkündete, bevor ihm das Wort erteilt wurde: »Mein Opa sagt, dass der Bär direkt aus der Hölle kommt. Das Tier ist ein Teufel, sagt er.«

»Jetzt mal der Reihe nach, Kinder. Von was für einem Bären redet ihr denn da?«, fragte die Lehrerin.

Die Klasse verfiel in ungläubiges Schweigen.

»Wissen Sie das wirklich nicht?«, rief Pino schließlich, »von dem reden doch jetzt alle. Dieser Bär macht seit ein paar Wochen unsere Dörfer unsicher. In Cencenighe erzählen sie, dass sie so ein mächtiges Tier noch nie gesehen haben.«

»In Rucavà hat er einen Stall zertrümmert und zwei Kühe gerissen!«, warf Sandrino ein, ohne auch nur einmal Luft zu holen.

Bald war die allgemeine Erregung derart groß, dass die Lehrerin, wie zum Zeichen der Aufgabe, das Klassenbuch zuklappte und den Füllfederhalter aufs Pult legte.

»Und bei uns hat er alle Bienenstöcke zerstört und ist in viele Ställe eingebrochen und hat das Vieh getötet«, berichtete jetzt Gino, Domenicos Banknachbar, der aus demselben Dorf wie er kam. »Das stimmt doch, Menego, oder?«, suchte er dessen Bestätigung, indem er ihn mit dem Ellbogen anstieß.

Domenico öffnete langsam den Mund, und nachdem er begriffen hatte, dass alle ihn wartend anschauten, wandte er der Lehrerin den Blick zu und sagte; »Ja, das stimmt. Manche haben ihn ja flüchtig gesehen und sagen, dass er ein wahres Ungeheuer ist, ein Dämon, riesengroß, mit Narben am ganzen Leib und Augen so rot wie Feuer. Manche haben ihn auch nur gehört und sagen, dass sie zu Tode erschrocken waren, weil sich sein Brüllen so schauderhaft anhört, als käme es direkt aus der Hölle ... Aber ich weiß nicht, ob ich das alles glauben soll.«

5

Mit einem alten Klappmesser schnitt Domenico den Forellen der Länge nach den Bauch auf, entfernte die Eingeweide und säuberte die Fische gründlich im eiskalten Flusswasser. Er warf sie zurück in den Eimer, den er von zu Hause mitgebracht hatte, und machte sich auf den Heimweg, über die schmale Schotterstraße, die von der Senke des Codalonga hinauf nach Posalz führte, einem höher gelegenen Teil des Dorfes Colle Santa Lucia. An dieser Stelle bot sich ein weiter Blick über das Fiorentina-Tal.

Tatsächlich bestand Posalz nur aus einigen wenigen Häusern, die meist einen winzigen Hühnerstall besaßen, einen kleinen Kuhstall und eine große Scheune. Die Bewohner fuhren gewöhnlich auf Holzwagen, die von einem Rind oder einem Maultier gezogen wurden, so wie auch Pietro Sieff und sein Sohn, die bei Bedarf ihre Kuh Isotta einspannen konnten. Meistens aber gingen die Menschen zu Fuß, auch wenn sie mehrmals am Tag nach Colle hinunter und dann wieder hinauf nach Posalz mussten.

Während Domenico den Berg hinauflief, drang das Glockengeläut der Kühe zu ihm, die von der Weide heimkehrten, und ihm wurde klar, dass er heute zu spät dran war. Er musste noch die Suppe fertig kochen, den Ofen anmachen, Isotta füttern und tränken und alle Regionen Italiens und die Provinzen des Veneto auswendig lernen.

Er atmete schwer von dem langen Marsch, als er sein Zuhause erreicht hatte. Die Luft war kühl, denn die Sonne ging bereits hinter dem Monte Fertezza unter und tauchte die Felswände der gegenüberliegenden Berge, des Pelmo und der Civetta, in ein rosafarbenes Licht. Sein Vater stand neben dem Eingang seiner

Tischlerwerkstatt, die vom Wohnbereich des Hauses abgetrennt war, und hielt in den Händen ein Beil, mit dem er Buchenholz spaltete. Seine Hiebe kamen genau, hart und rhythmisch, wie das Läuten der Kuhglocken.

Pietro Sieff war noch keine Fünfzig, ein schlanker, aber kräftiger Mann, obwohl er dem Alkohol so zugetan war. Seine hagere Gestalt schien nur aus Haut, Nerven und Muskeln, die sich um die Knochen wanden, zu bestehen.

Er gehörte zu jenen Männern, bei denen man eine Frage zehnmal wiederholen musste, bevor man eine mürrische Antwort erhielt. Verschlossen, griesgrämig, ungesellig wie ein Luchs. Nach dem Tod seiner Frau hatte er sich in seiner eigenen Welt verbarrikadiert, einer Welt des bedrohlichen Schweigens, das einem düsteren Himmel vor dem Gewitter ähnelte. Selbst wenn er sich abends in der Dorfschenke betrank, fühlte er sich so allein wie ein räudiger Wolf, der von seinem Rudel verstoßen wurde und dem ein langsames Sterben im Wald beschieden war.

Als er seinen Sohn bemerkte, streifte er ihn mit einem kurzen Blick, unterbrach aber keinen Augenblick seine Arbeit. Er bückte sich zu einem Stück Holz, stellte es sich auf dem Hauklotz zurecht, hob das Beil hoch über seinen Kopf, ließ es niederfahren und spaltete den Scheit genau in der Mitte.

»Ich hacke, du stapelst«, sagte er, ohne ihn anzusehen.

»Ja, mache ich.«

Zu beiden Seiten des Hauklotzes lag je ein Berg Brennholz, das darauf wartete, an der nach Süden zeigenden Hauswand, wo schon eine große Menge gelagert war, aufgestapelt zu werden. Mit dieser letzten Reihe frisch gespaltenen Holzes konnten sie die nächsten Monate auskommen, vorausgesetzt, der Winter, der jetzt vor der Tür stand, würde nicht ungewöhnlich lang und kalt werden. Mit dem Brennholz feuerten sie einen *fornèl*, wie die typischen handgefertigten Öfen aus feuerfestem Stein, die in den Bergen gebräuchlich waren, auf Ladinisch genannt wurden. Um die Stube und die Küche zu heizen, die einzigen beiden Zimmer im Hause, wo ständige Wärme unverzichtbar war, reichten zehn Kilo Holz am Tag.

Eilig verschwand Domenico in der großen Scheune und öffnete die Tür zu einem Raum mit unverputzten Wänden, der ihnen als Räucherkammer diente. Er nahm die Forellen, spießte sie mit den Mäulern auf schwere Eisenhaken und hängte sie zum Trocknen an einer Schnur auf, an der schon die anderen Fische baumelten, die er an den Vortagen geangelt hatte. Er lief zurück in die Stube, machte Feuer im Ofen und bereitete in der Küche das Abendessen zu. Sein Vater aß hastig, ohne ein Wort zu verlieren. Er führte den Löffel mit der Graupensuppe zum Mund, leerte ihn schlürfend und starrte dabei aus dem Fenster, als sähe er dort in der Stille etwas, das seine ganze Aufmerksamkeit verlangte.

6

Domenico aß schnell eine Scheibe Käse aus dem Val de Fodom mit Brot, stand vom Tisch auf und ging hinaus. Er musste sich erst um das Holz kümmern. Das hatte er versprochen, und daran würde er sich auch halten – weniger aus Furcht, andernfalls wieder die kräftigen Hände seines Vater zu spüren zu bekommen, sondern weil ein einmal gegebenes Wort große Bedeutung für ihn hatte. Ein Versprechen war für ihn immer schon eine ernste Sache gewesen, und wenn er etwas an den Erwachsenen besonders verabscheute, dann war es die Leichtigkeit, mit der sie Abmachungen, Schwüre, Worte brachen oder zurücknahmen.

Als er alle Scheite fertig aufgestapelt hatte, war sein Vater bereits fort; die Sonne war untergegangen, und am Himmel sah man die ersten Sterne hell wie Schneekristalle glitzern.

Die Arme schmerzten ihm, und er spürte ein Loch im Bauch, das er mit Suppe allein nicht füllen würde. In der Speisekammer fand er alte, sorgfältig in Papier eingewickelte Scheiben gelber Polenta. Mit großen Bissen verschlang er zwei davon und füllte dann seine Holzschüssel randvoll mit Suppe. Plötzlich fiel ihm wieder ein, dass er morgen in Erdkunde abgefragt werden würde. Er musste sich noch einmal alles über seine heimatliche Region, das Veneto, durchlesen: die verschiedenen Provinzen, Städte, Flüsse, Klima, Wirtschaft und die berühmtesten Persönlichkeiten.

Er kratzte den Rest seiner mittlerweile kalten Suppe aus der Schüssel, nahm sein Buch aus dem Ranzen und ging in sein Zimmer. Dort zündete er die Kerze auf dem Nachttisch an, schlüpfte in seinen alten wollenen Schlafanzug und kroch unter die Decke. Draußen hörte man in regelmäßigen Abständen eine Eule rufen, so laut, als säße sie im Zimmer. Domenico zog sich die Steppdecke bis unters Kinn und schlug das Erdkundebuch auf. Er versuchte sich Ausdehnung und Grenzen des Veneto einzuprägen, schloss dann die Augen und sagte sich im Geiste die sieben Hauptstädte der Provinzen auf, wobei er kaum merklich die Lippen bewegte, als würde er beten. Schließlich schlug er die Augen wieder auf und ließ den Blick auf einem Foto von Venedig ruhen: ein prächtiger Palast mit einer gemusterten Fassade aus roten und weißen Steinen, überreich verziert, der sich zu einer Wasserfläche hin öffnete. In der Bildunterschrift hieß es: *Dogenpalast am San-Marco-Becken.* Wie schön müsste das sein, einmal wirklich davorzustehen und ihn betrachten zu können.

Würde er jemals die Gelegenheit erhalten, Venedig zu sehen, fragte er sich. Am liebsten würde er diese Stadt zusammen mit Maria besuchen. Während er sich das vorstellte, war ihm, als höre er das Meer rauschen, und ohne es zu merken, schlief er ein.

7

Zur gleichen Zeit hielt sich sein Vater unten im Dorf in der *Posta* auf, jenem Wirtshaus, das bei den Männern von Colle San Lucia am beliebtesten war.

In der Gaststube hing dichter Zigaretten- und Pfeifenrauch, den die Münder der um die Tische herumsitzenden Ladiner in einem fort ausstießen: etwa ein Dutzend Männer, erschöpft von einem harten Arbeitstag.

Die einen spielten Karten, die anderen hockten nur müde da, wieder andere fluchten oder leerten ein Glas Wein nach dem anderen, aber im ganzen Raum gab es nur ein Gesprächsthema.

»Der taucht wieder auf. So viel steht fest. Ja, ganz sicher wird der wieder auftauchen«, sagte Sandro Colcuc.

Sein Schnurrbart war weiß vom Bierschaum, und sein Blick verlor sich wie ein Echo in der Ferne.

»Jetzt müssen wirklich alle auf der Hut sein und ihre Ställe gut verrammeln«, rief Mario Crepaz, während er weiter Karten an seine Mitspieler austeilte. Crepaz war der Inhaber des einzigen Lebensmittelgeschäftes im Dorf sowie Eigentümer verschiedener Wohnungen, die zwischen den Ortsteilen Villagrande und Pian verstreut lagen. Damit war er zweifellos der reichste Mann im Dorf: Inzwischen verdiente er nicht nur an den Einheimischen, sondern auch an den Touristen.

Unterdessen hinkte Orfeo schweigend hinter der Theke hin und her und füllte in einem fort Weingläser und Bierkrüge. Als Wirt trug er die typische blaue Arbeitsschürze, die bei den Männern der Gegend seit der Zeit, als das Land zu Österreich gehört hatte, gebräuchlich war. Auf Brusthöhe waren drei Abzeichen aufgenäht: das der Freiwilligen Feuerwehr, das Wappen von Colle Santa Lucia sowie das der Ladiner. Hinter Orfeo, über den schmutzigen, verstaubten Holzregalen mit den harten Schnäpsen, prangten einige ausgestopfte Tiere: ein Auerhahn, ein Eichhörnchen, ein kleiner Fuchs und ein Dachs. Die hatte er vor Jahren selbst geschossen, als seine Gicht erst ein Zipperlein war und er mit dem rechten Bein problemlos laufen konnte, ohne die stechenden Schmerzen, die ihm seit einiger Zeit keine Ruhe mehr ließen.

Alle redeten durcheinander, und entsprechend groß war der Lärm, doch hin und wieder übertönte eine Stimme alle anderen.

»Gestern war ich in Pieve di Livinallongo«, rief jetzt Lucio Pallùa, räusperte sich und fuhr fort: »Da hat man mir erzählt, dass er vor zwei Tagen abends von den Bergen herunterkam und durchs Dorf gestreift ist, ganz ohne Scheu. Er soll riesengroß sein. Einen Stier und zwei Ziegen hat er gerissen …«

Alle schwiegen beeindruckt, doch Pallùa war noch nicht fertig:

»Danach hat er am Brunnen vor der Kirche seelenruhig seinen Durst gestillt und ist wieder im Wald verschwunden. Sein infernalisches Brüllen war noch minutenlang zu hören. So jedenfalls haben es die Leute mir erzählt.«

In der Stille der Wirthausstube waren Angst und Sorge mit Händen zu greifen.

»Möge uns die Heilige Lucia ihn vom Leib halten«, murmelte Franco Troi, der Schneider.

»Der wird trotzdem wiederkommen. Und ob der wiederkommt«, seufzte Sandro Colcuc und trank sein Bier aus.

»Aber wir haben schon Anfang Oktober. Der Bär wird ja wohl in Winterschlaf gehen, oder nicht?«, warf Giorgio Pallabazzer, der Schuster, ein.

Fritz Agostini antwortete ihm mit einem bitteren Lachen. »Du verwechselst den wohl mit einem Murmeltier am Giaupass: Nein, der Winterschlaf eines Bären ist doch nur ein kurzes Nickerchen. Und außerdem, nach allem, was man hört, haben wir es hier ja nicht mit einem x-beliebigen Bären zu tun …«

»Das kannst du aber laut sagen«, rief Cesare Frena und sprang auf, »mit meinen eigenen Augen habe ich ihn gesehen. Ich schwöre euch: Dieser Bär ist riesengroß. Seine Augen glühen rot wie Feuer, und über seine Schultern zieht sich ein breiter grauer Streifen. Ich weiß nicht, was das für ein Tier ist, aber ganz sicher ist das kein gewöhnlicher Dolomitenbraunbär.«

Diese Worten schreckten auch den alten Umberto Sopradaz auf. Mit seinen fast neunzig Jahren war er der Älteste in der Osteria. Er zuckte zusammen und versteifte sich, als hätte ihn eine Viper gebissen. »Was sagst du da?«, rief er.

Alle hielten inne, beinahe so, als sei die Zeit einen Augenblick stehen geblieben, durch die krächzende, raue Stimme dieses Greises, der noch unter österreichischer Herrschaft zur Welt gekommen war.

Sopradaz nahm den grünen Filzhut ab, fuhr sich mit seinen knöchernen, runzligen Händen über den Schädel und legte sie dann vors Gesicht, als hätten ihn Frenas Worte zu Tode erschreckt.

8

»Was hast du?«, fragte ihn der Wirt, der sich zum ersten Mal in die Unterhaltung seiner Gäste einschaltete.

Die glänzenden, verhangenen Augen des Alten begannen feucht zu werden, und sein zerknitterter Mund brachte schleppend die Worte hervor: »Bist du sicher, dass du auf seinen Schultern einen grauen Streifen im Fell gesehen hast?«

»So sicher, wie ich Frena heiße. Aber wieso, was bedeutet das mit dem grauen Streifen?«

Der Greis nahm wieder beide Hände vors Gesicht.

»Das bedeutet, dass dies der Bär ist, der sich vor vielen, vielen Jahren schon einmal hier gezeigt hat. Da war ich noch ein kleiner Junge, und bereits damals sagten die Alten aus dem Dorf, dass dieser Bär viele Jahre zuvor schon einmal gesehen wurde ...«

»Es ist schlicht unmöglich, dass ein Bär so lange lebt«, wandte Agostini ein. »Meistens ist mit fünfundzwanzig oder dreißig Jahren Schluss, irgendwo soll einer mal fünfzig geworden sei, aber du redest von einer Zeit, die über achtzig Jahre zurückliegt.«

Zwei andere stießen sich unauffällig mit den Ellbogen an, wie um sagen, dass der Alte wohl den Verstand verloren habe.

»Doch. Das ist möglich. Ich habe es damals selbst nicht glauben wollen. Aber ich bin eines Besseren belehrt worden. Dieser Bär ist ein Sohn des Teufels, und wenn er sich zeigt, kündigt er damit großes Unheil an«, erwiderte Sopradaz stockend. Seine Stimme klang so tief und heiser, als sei ihm der Speichel in der Kehle getrocknet. Und sein Kopf zitterte noch heftiger als gewöhnlich.

»Die Alten nannten ihn *El Diàol*, den Teufel. Damals hat er auch einen Menschen getötet, einen Bauern aus Colcuc. Und niemand konnte ihn zur Strecke bringen. Ich war zehn, als er hier bei uns sein Unwesen trieb, aber ich weiß es noch, als wäre es gestern gewesen. Es war der August des Jahres 1882. Nur wenige Tage später begann es, wie aus Kübeln zu regnen, der Himmel öffnete seine Schleusen, und zwei Monate lang ergoss sich das Wasser ohne Unterlass über die Erde. Alle Flüsse traten über die Ufer, Berghänge lösten sich und stürzten zu Tal, Häuser wurden hinweggefegt, Brücken brachen wie dürre Zweige. Colle und das ganze Val Fiorentina verwandelten sich in ein Meer aus Schlamm, das Tod und Verderben brachte und sich bis Caprile hinabzog und alles mitriss, was sich ihm in den Weg stellte.«

Grabesstille senkte sich über die verrauchte Gaststube. Von dieser katastrophalen Überschwemmung hatten sie alle schon einmal gehört. Sie war Teil der Dorfchronik, die verheerendste Naturkatastrophe, die diese Gegend in den letzten Jahrhunderten heimgesucht hatte.

Träge schwebte die Rauchwolke über den Köpfen der Männer in der Osteria. Ein Husten hier und dort. Räuspern. Das Scharren schwerer Bergschuhe auf dem Fußboden.

»Möge die Heilige Lucia uns beistehen!«, murmelte Franco Troi und bekreuzigte sich.

»Ihr habt es alle gehört!«, rief hingegen Primo Lezuo und ließ eine Faust auf die schwere Tischplatte krachen. »Er muss sterben! Dieser verfluchte Bär muss gejagt und getötet werden. Es gibt keinen anderen Weg.«

»Ach ja? Und wer soll das übernehmen?«, fragte Orfeo spöttisch, wähend er sich die Hände an der Schürze trocknete, die sich über seinen stattlichen Bauch wölbte.

»Die Forstpolizei. Die ist dafür zuständig«, antwortete Cesare Frena.

»Ach, die sind doch noch gemütlicher als die Carabinieri: Bevor die sich von Agordo fortbewegen, muss erst jemand umgekommen sein!«, warf Lezuo ein.

Wieder machte sich Stille breit. Die Blicke der Männer waren von Angst und Alkohol benebelt. Starr wie die der ausgestopften Tiere auf den Konsolen in der Wirtshausstube.

»Ich mache es!«

Alle drehten sich zu Pietro Sieff um, der sich bis dahin herausgehalten und wie immer abseits der anderen schweigend vor seiner Rotweinflasche gesessen hatte.

9

Die Männer blickten ihn ungläubig an, einer begann zu lachen und steckte damit andere Gäste an. Immer mehr Stimmen wurden laut, und nach ein paar Sekunden herrschte wieder allgemeines Geschnatter in der Wirtshausstube. Viele machten sich lustig über Pietro Sieff und sein Angebot.

»Was wetten wir?«, rief Pietro da mit entschlossener Miene. Er war aufgesprungen.

»Lass es gut sein, Sieff«, antwortete Crepaz und winkte ab. »Setz dich wieder und kümmere dich lieber um deinen Wein. Das hier ist eine ernste Angelegenheit.«

Pietro Sieff genoss im Dorf keinen guten Ruf. Die meisten verspotteten ihn als Taugenichts. Dabei war das Unglück ganz plötzlich über ihn hereingebrochen, wie ein Blitzschlag, der eine bestimmte Lärche unter Tausenden fällt.

»Für dich wäre es leichter, den Großen Bären zu erklimmen, als auch nur ein Eichhörnchen zu schießen«, meinte der Schuster.

Pietro bedachte ihn mit einem abschätzigen Blick. »Los, sagt schon, was gebt ihr mir, wenn ich es schaffe, ihn zu töten?«

Alle bemerkten, dass Sieffs Stimme ungewohnt klang: belegt vom Wein, wie immer an diesem Ort, aber sie hatte auch etwas Prophetisches, so als kämen seine Worte aus der Ferne, fast wie aus einer anderen Welt.

»Wie viel Geld gebt ihr mir, wenn ich es schaffe, diesen Bären zur Strecke zu bringen und euch sein Fell hier im Dorf vorzulegen?«

»Wenn du Lust hast, dich umbringen zu lassen, nur zu, Sieff. Aber wer kümmert sich dann um deinen Sohn? Denkst du auch an den?«, sagte der Metzger.

»Ich habe euch etwas gefragt«, wiederholte Pietro. Er stand immer noch aufrecht, ohne sich an Tisch oder Stuhl abzustützen. Er sprach langsam und betonte jedes einzelne Wort.

Die anderen schauten einander verwirrt an, waren im Zweifel, ob sie ihm überhaupt antworten sollten. Schließlich wandten sie sich ihm doch wieder zu, weil sie verblüfft waren, dass er so hartnäckig bei der Sache blieb, er, der sonst kaum den Mund aufbekam, selbst wenn er stockbesoffen war.

Nach einigen Augenblicken verlegenen Schweigens holte Mario Crepaz, der Lebensmittelhändler, einmal tief Luft, streckte die Brust heraus, stemmte seinen vollen Bierkrug in die Höhe und sagte: »Na gut, abgemacht, Sieff. Wenn dich der Wein so mutig gemacht hat und du es nicht anders willst, nehme ich deine Wette an.« Er erhob sich und baute sich nur wenige Zentimeter vor dem Tischler auf. Crepaz war ein Mann von mittlerer Statur. Das Gesicht mit der großen, leicht gebogenen Nase war fleischig, aber die schmalen Lippen waren elegant geschwungen. Er wirkte entschlossen und selbstsicher. Die anderen blieben stumm und machten sich klein.

»Ihr seid alle meine Zeugen«, setzte Crepaz wieder an, indem er Sieff fest in die Augen sah und die Stimme hob, damit alle ihn hörten, »wenn du es schaffst, diesen Bären zu erlegen, bekommst du von mir eine Million Lire!«

Ein Gast hatte genug und verließ den Raum, ein anderer grölte laut; einige Bauern murmelten jetzt, dass Sieff nicht bei Trost sei, wieder andere meinten, dass Mario Crepaz durch seine erfolgreichen Geschäfte größenwahnsinnig geworden sei. Einer raunte, dass er offenbar schon mehr Geld beiseitegelegt habe, als man allgemein vermutete. Die meisten aber dachten, dass beide ins Irrenhaus gehörten.

»Ich nehm dich beim Wort!«, sagte Sieff mit einem zufriedenen Grinsen.

»Ja, nur zu. Und ich wiederhole es noch mal: Wenn es dir gelingt, diesen verdammten Bären zu erwischen, gebe ich dir eine Million Lire!«

Sieff stieß sein Glas gegen den Bierkrug, den Mario Crepaz ihn herausfordernd entgegenhielt. »Kratz schon mal das Geld zusammen, Crepaz«, sagte er. Dann trank er aus, zog seine Sarnerjoppe über, setzte den Filzhut auf und verließ das Wirtshaus ohne ein weiteres Wort.

Als die Tür hinter ihm zuschlug, wehte ein Schwall schneidend kalter Luft in den Raum und zwängte sich zwischen den dichten Rauch und die Ausdünstungen der vielen müden Männer.

Alle schwiegen, bis auf Orfeo. »Der ist wirklich ein Flegel!«. Damit griff der Wirt zu dem vergilbten und zerknitterten Blatt Papier, auf dem er Sieffs Schulden notierte und fügte der Monatsliste eine weitere Flasche Rotwein hinzu.

10

Während er der Straße folgte, die aus dem Dorf hinausführte, regte sich in seiner Brust eine Ahnung von Stolz und neuer Kraft. Pietro Sieff fühlte sich leicht und frei, weil er den Mut aufgebracht hatte, nichts auf das Geschwätz der anderen zu geben und sich dem, was sie für Schicksal hielten, entgegenzustellen. Aus tiefstem Herzen verachtete er diese Männer, die dort im Wirtshaus saßen. Er dachte an seine Worte und an die von Crepaz, an ihre Wette. Eine Million Lire, das war sehr viel Geld.

Der zunehmende Mond über dem Monte Pelmo beschien die Felswände der Dolomiten, überzog sie mit einem blauen Licht, in dem sie wie nächtliche Schneeflächen wirkten. Die Civetta lugte hinter dem Bergrücken der Fertazza hervor, als wollte sie erkunden, was dort unten gegen Mitternacht getrieben wurde.

Wenn ich diesen Bären töte, habe ich für immer ausgesorgt.

In seinem Kopf hörte er die Stimme seiner Frau, die ihn aufforderte, es bleiben zu lassen. Hin und wieder kam es vor, dass er sich an ihre Stimme und ihr Gesicht nicht mehr richtig erinnern konnte. Meistens nur für ein paar Minuten, zuweilen aber auch einige Stunden lang, bis er aus seiner Geldbörse ein Foto von ihr hervorholte und alles wieder an seinen Platz rückte, jedes Detail. Wie wenn ein einzelnes Wort ganze Redebeiträge ins Gedächtnis zurückruft oder durch einen bestimmten Duft die Erinnerung an einen vergessenen Ort wieder erwacht.

Es wird nicht leicht werden, ihn zu erwischen.

Während er den Hang hinauf nach Hause ging, hörte er die Stimme seiner Frau so klar und deutlich, dass er beinahe erschrak.

Er blieb einen Moment stehen. Der Atem trat in Wölkchen, die sich rasch auflösten, aus seinem Mund. Er blickte über das Val Fiorentina zu seinen Füßen: Die matten elektrischen Lichter, die verstreut längs der Straße zum Staulanzapass zu erkennen waren, ließen die Senke wie eine überdimensionale Weihnachtskrippe aussehen.

Er rückte sich den Hut auf dem Kopf zurecht und setzte seinen Weg fort.

Und wenn ich es nicht schaffe?

Unter seinen schweren Bergschuhen raschelte das Laub auf dem Pfad, und obwohl der Weg nach Posalz steil bergan führte und ihm reichlich Wein durch die Adern floss, wurde sein Schritt nicht langsamer und sein Atem nicht kürzer.

Bevor er ins Haus ging, betrat er die kleine Schreinerei an der Rückseite des Hauses, deren Tür er hatte offen stehen lassen. Er bückte sich und holte unter einem Fußbodenbrett einen schweren Schlüssel hervor, den er dort versteckt hielt. Entschlossen trat er zu einer alten, von Hand bemalten Truhe aus Eichenholz.

Ich werde ihn erwischen!

Der Atem stockte ihm in der Kehle, sein Herz hämmerte in der Brust. Dreimal drehte er den Schlüssel im Schloss und hob dann den Deckel an.

Na also. Ich wusste doch, dass die mir früher oder später noch mal nützlich sein würden.

Seine Augen glänzten vor Anspannung, als er die beiden großen Gewehre betrachtete. Nacheinander holte er sie aus der Truhe hervor, entnahm auch die bis zum Rand mit Projektilen gefüllte Patronendose und klappte den schweren Deckel wieder zu. Er drehte sich eine Zigarette und zündete sie an. Genüsslich sog er den Rauch ein. Draußen, zwischen den Rottannen, hörte man den Schrei einer Eule.

11

Als Domenico aus dem Schlaf hochfuhr, war es noch stockdunkel. Aus der Küche drangen undeutlich die lauten Worte seines Vaters, der dort vor sich hin fluchte. Der Junge schaute aus dem Fenster zu dem noch schwarzen Himmel empor: Er war es gewohnt, früh aufzustehen, bevor das erste Licht des Morgengrauens sich hinter dem Monte Cernera zeigte. Nur so konnte er es pünktlich zur Schule schaffen. Anders als sonst hörte er heute von der Küche her seinen Vater unentwegt grummeln und klagen. Plötzlich wurde die Tür aufgerissen, und mit einer brennenden Kerze in der Hand stand Pietro im Schlafzimmer seines Sohnes.

»Beweg dich!«

Schlaftrunken schlug Domenico die Decke zurück. Es war kalt, wie immer morgens im Herbst.

Sein Erdkundebuch glitt vom Bett und fiel auf die Holzbretter des Fußbodens.

»Ich zähle bis drei!«, sagte sein Vater, während er schon wieder den Raum verließ.

Domenico rieb sich die Augen, schwang sich aus dem Bett und hob sein Schulbuch auf. Er blickte auf den alten Wecker auf seinem Nachttisch: zehn vor sechs. Seine übliche Aufstehzeit.

»Eins …«, ertönte die Stimme seines Vaters aus der Küche.

Domenico schlüpfte in die Drillichhose, zog sich ein Hemd und einen dicken Wollpullover an. Das, was er immer im Herbst trug.

»Zwei ...«

Er zwängte seine Füße in die hohen Bergschuhe, die ihm fast schon zu eng waren. Als wäre er erst in diesem Moment erwacht, wurde ihm bewusst, dass sein Vater in den letzten zwei Jahren an keinem einzigen Tag mit ihm gemeinsam oder gar früher aufgestanden war. Was in aller Welt mochte ihn heute so früh aus dem Bett getrieben haben?

»Drei!«, rief Pietro, und als er aufblickte, hatte er seinen Sohn vor sich, mit dem Ranzen halb über der Schulter, weit aufgerissenen Augen, zerzaustem Haar und vielen Fragen, die ihm durch den Kopf schwirrten.

Pietro saß am Tisch, säbelte von einem Laib Schwarzbrot dicke Schnitten ab und schnitt Speck in Scheiben. Vor ihm waren, außer dem Rucksack, den er täglich trug, zwei weitere abgenutzte und größere Rucksäcke, ein zusammengerolltes altes Militärzelt, zwei Feldflaschen, einige große Stücke Käse und geräucherte Forellen.

Domenico fragte sich, was sein Vater vorhaben mochte, fand aber keine Erklärung.

»Den Tornister kannst du wieder absetzen«, sagte Pietro, der die Stimme senkte, »heute fährst du nicht zur Schule. Und beeil dich mit dem Frühstück, ich will keine Zeit verlieren, nicht mal eine Minute.«

Domenico verstand gar nichts mehr, gehorchte aber, denn er wusste, dass es immer besser war, seinem Vater keine Fragen zu stellen, zumal in solch unklaren Situationen wie dieser hier.

Er schwieg. Wusch sich das Gesicht mit eiskaltem Wasser.

Rutschte auf die Bank vor dem Esstisch.

12

Er trank eine Schüssel Milch und aß drei Scheiben Brot mit Butter und Honig sowie den letzten von den Krapfen, die ihnen Tante Adele vor ein paar Tagen vorbeigebracht hatte. Er bedauerte, den Unterricht zu versäumen, war aber gespannt darauf, was ihn stattdessen erwartete. Unablässig fragte er sich, wohin sein Vater ihn wohl mitnahm und was zum Teufel er vorhatte. Und je länger er darüber rätselte, desto aufgeregter wurde er.

Der Himmel draußen wechselte langsam sein Kleid, und seit einigen Minuten sah man im Osten, hinter dem Piz del Corvo, das erste Licht des neuen Tages. Kein Wölkchen war zu erblicken, und ein leichter Raureif hatte die Wiese hinter dem Haus weiß überzogen.

Pietro packte neben dem Proviant ein paar dickere Kleidungsstücke in die Rucksäcke, zwei Taschenlampen, ein starkes Hanfseil, zwei sehr scharfe Klappmesser und ein Fernglas.

»Wir bleiben vielleicht ein paar Tage fort«, sagte er, während Domenico den Tisch abräumte, »du musst also noch bei der Tante vorbeigehen und sie bitten, sich um Isotta zu kümmern, bis wir wieder zurück sind.«

Adele war eine Großtante Domenicos mütterlicherseits und wohnte nur ein paar Meter von ihnen entfernt. Sie war Witwe und schon siebzig, aber so rüstig und geschäftig wie mit dreißig. Nicht von ungefähr war sie es, die häufig für Pietro und ihren jungen Großneffen das Essen kochte. Sie war noch so gut bei Kräften, dass sie ohne fremde Hilfe ihre Kühe molk, Heu machte und Bohnen anbaute. Sie zählte zu jenen Frauen, wie man sie früher hier in den Bergen häufiger fand: unantastbar, nicht unterzukriegen, mit einer Schale so hart wie Eisen, doch aus Liebe zu ihren Angehörigen stets zu jedem Opfer bereit. Adele war der einzige Mensch in Posalz und Colle Santa Lucia, dem die beiden Sieffs blind vertrauen konnten.

Pietro ging hinüber in die Stube und kehrte kurz darauf mit den beiden Gewehren, die er in der Nacht hervorgekramt hatte, in die Küche zurück.

Als er seinen Vater mit den Waffen sah, spürte Domenico seine Beine hart wie Eis werden und wusste gar nicht mehr, was er denken sollte.

Entgeistert starrte er ihn an – diese Gewehre, die sicher keine gewöhnlichen Jagdflinten waren, hatte er nie zuvor zu Gesicht bekommen.

Wie selbstverständlich machte sich Pietro daran, die Waffen mit geübter Hand nacheinander einzuölen. Mit offenem Mund schaute Domenico zu, ohne sich von der Stelle zu rühren.

»Steh doch nicht so blöde rum!«, herrschte sein Vater ihn an, als er einen Moment von seiner Arbeit aufsah. »Lauf zur Tante rüber! Du hast doch gehört, was ich gesagt habe.«

»Ja, Papà. Ich beeile mich.« Und schon war er bei der Haustür.

Er setzte den Hut auf und legte die Hand auf die Klinke, drehte sich aber noch einmal um.

»Was ist denn noch?«, fragte Pietro.

Domenico sah ihn zögernd an und antwortete dann, listig, wie es ihm gegeben war: »Sie wird mich sicher fragen, wohin wir wollen ... Was soll ich ihr sagen?«

Pietro hob eines der beiden Gewehre, legte an und zielte auf einen Punkt jenseits des Fensters, ließ es dann wieder sinken und erklärte mit fester Stimme: »Sag ihr, dass wir auf die Jagd gehen, um *El Diàol* zur Strecke zu bringen.«

13

So machten sie sich auf den Weg.

Domenico konnte es nicht fassen: Sie würden also tatsächlich diesen Bären jagen. Ausgerechnet sie beide, sein Vater und er! Ein ums andere Mal wiederholte er sich diesen Gedanken, wie jemand, der sich selbst davon überzeugen musste, dass er etwas wirklich erlebte und nicht bloß träumte.

Östlich von Posalz erhellte sich der Himmel in blassen Tönen, und bald würden auch die letzten Sterne über ihnen von einem eiskalten Blau verschlungen werden.

Pietro war wie ein alter Maulesel beladen: Neben dem größeren, mit Kleidung und Proviant vollgestopften Rucksack trug er auch das Zelt, die Feldflaschen, die wie Kuhglocken klimpernd am Rucksack baumelten, und die beiden Gewehre.

Domenico hatte er den kleineren, leichteren Rucksack überlassen, in dem Decken und weitere Kleidung verstaut waren, um der Kälte der Nacht, des Waldes und der Höhe zu trotzen.

Der Vater marschierte voran, sein Sohn folgte ihm. Pietro schaute vor sich hin zu Boden, Domenico in die Höhe, hinauf zum Himmel, der blauer und blauer wurde. Die Hauptstraße entlang durchquerten sie das Dorf, während der Atem sich vor ihren Mündern in der kalten Morgenluft rhythmisch verdichtete. Auch wenn Posalz jetzt wie ausgestorben wirkte, wusste Pietro, dass im Dorf getratscht wurde und jede Neuigkeit schneller als eine Lawine vorankam. Während sie in gemächlichem Tempo der Straße folgten, meinte er Dutzende von Augenpaaren zu sehen, die, hinter den bestickten Gardinen verborgen, neugierig auf sie gerichtet waren.

Am Waldesrand kreiste eine Schar Krähen und ging über den vom ersten Tageslicht erhellten Wiesen nieder. Ihr lautes Krächzen hallte durchs ganze Tal. Am Dorfbrunnen machten die beiden halt, und Angelo Loss, der Küster, der hier soeben zwei Gießkannen gefüllt hatte, trat auf sie zu und blickte Pietro an: »Du musst völlig verrückt sein«, sagte er, »aber wenn du doch noch ein wenig Grips in der Birne hast, lässt du wenigstens deinen Sohn zu Hause. Sonst wird dieser Bär euch beide umbringen.«

Sie würdigten ihn keiner Antwort.

Pietro gab seinem Sohn ein Zeichen. Der löste die beiden Feldflaschen von den Haken, begann sie zu füllen und unterbrach so einige Sekunden lang das Rauschen des Wasserstrahls, der sich unaufhörlich in das Steinbecken ergoss. Sie nahmen ein paar Schlucke und gingen weiter. Ein Wanderer kreuzte ihren Weg, schaute jedoch an ihnen vorbei, und genauso wenig nahmen Pietro und sein Sohn Notiz von ihm.

Domenico war aufgeregt und dachte an Maria. Ach, wenn sie ihn doch jetzt sehen würde, wie er stolz auf die Berge zuschritt, vielleicht würde sie ihn dann endlich interessant finden oder ein wenig bewundern.

Er spürte, dass seine Beine vor Erregung leicht zitterten. Es war der Rausch der Gefahr, der ihm Blut und Augen prickeln ließ. Die Warnungen des Küsters hallten in seinem Kopf nach. Endlich würde er jene Abenteuer erleben, von denen er bisher immer nur geträumt und die er sich Tag für Tag ausgemalt hatte, wenn er am Codalonga saß und Forellen angelte.

Dabei war ihm im Grunde genommen nach wie vor nicht klar, welches Abenteuer vor ihnen lag. Gut, er hatte begriffen, dass sein Vater es sich in den Kopf gesetzt hatte, diesen Bären zu jagen, der alle in Angst und Schrecken versetzte, und dass er selbst auch an diesem gefährlichen Unternehmen teilnehmen sollte. Und er hatte auch verstanden, dass sie vielleicht tagelang unterwegs sein und diese Tage draußen in der freien Natur verbringen würden. So gesehen, kam er sich schon vor wie ein Held, der in den Krieg oder zu einer wichtigen Mission aufbricht.

Aber zwischen Sagen und Tun lag etwas, das größer und verwirrender war als ein Tom-Sawyer-Abenteuer. Nämlich die Realität. Und in der Realität sah es so aus, dass er nicht verstand, warum sein Vater sich zu diesem Abenteuer entschlossen hatte. Auch begriff er nicht, wie Pietro, so abgebrannt wie er war, es sich leisten konnte, seine Schreinerei tagelang sich selbst zu überlassen. Und dann war da noch das Rätsel, wie sein Vater plötzlich an diese beiden Gewehre gekommen war, die er, sein Sohn, noch nie zuvor gesehen hatte. Zur Realität gehörte auch die Gewissheit, dass er selbst, ja er, Domenico, den Spuren einer gigantischen, zu allem fähigen Bestie folgte, einem blutrünstigen, todbringenden Ungeheuer, wie man es in der Gegend schon lange nicht mehr gesehen hatte. Was brachte ihnen das ein, außer der Gefahr, dabei ums Leben zu kommen?

»Das wird kein Kinderspiel«, hatte sein Vater, bevor sie aufbrachen, zu ihm gesagt. Dann hatte er die Haustür hinter ihnen verschlossen, in dem Wissen, dass sie dieses Haus jetzt vielleicht zum letzten Mal sahen.

14

Sie ließen die letzten Häuser des Dorfes hinter sich und erreichten die winzige Kapelle, die dem heiligen Antonius geweiht war. Pietro nahm den Hut ab und beugte das Knie. Domenico hinter ihm tat es ihm nach, und während sein Vater leise betete, indem er kaum merklich seine dünnen Lippen bewegte, wurde ihm selbst klar, dass kein schöner Spaziergang vor ihnen lag. Ja, er begriff es in weniger als einem Augenblick, so wie wenn man über etwas stolpert und sich gleichzeitig schon am Boden wiederfindet.

Viele Gedanken schossen ihm durch den Kopf, vor allem fiel ihm die Schule ein. Was würden die Klassenkameraden und die Lehrerin zu seinem Fehlen sagen? Wenn ihn doch nur ein Mitschüler jetzt sähe oder jemand aus der Schule zufällig vorbeikäme, während er mit seinem Vater hinausmarschierte, zwei Gewehre im Gepäck und wild entschlossen, Jagd auf diesen verfluchten Bären zu machen! Im Nu würde er zur Legende werden, in der Schule und im Ort, Domenico, der mutigste Junge von allen. Schon hörte er die Namen, die man ihm geben würde: der *Unbezwingbare, Held von Colle Santa Lucia, Triumphator, Bärentöter, Jäger des Teufelsbären.*

Pietro holte ein Stück Kreide aus der Tasche hervor und schrieb auf den Sockel des Heiligenhäuschens: C+M+B, die Initialen der Heiligen Drei Könige.

Dann richtete er sich wieder auf, und ohne sich zu vergewissern, ob sein Sohn ihm folgte, setzte er sich erneut in Marsch, auf die Hänge des Monte Pore zu, hinter dem die Felswände der Averaugruppe zu erkennen waren.

Es war noch früh, die Luft frisch, und der Wald, in den sie gleich eintauchen würden, war so finster wie die Nacht.

15

Sie kreuzten den alten Weg zu den Fursilminen und stiegen weiter den Hang bergan zwischen vielen unterschiedlichen Bäumen, die auf der Südseite des Berges wuchsen: Ahorne, Buchen, Eschen, Linden, Erlen, deren Blattwerk der Herbst entflammte und die sich bis zum Rand des eigentlichen Waldes, zu dem sie unterwegs waren, hinaufzogen.

Nach einer Weile sahen sie eine gelbe und grüne Wand aus Rottannen und Lärchen vor sich aufragen. Domenico warf einen Blick zurück und schluckte, um sich die trockene Kehle anzufeuchten. Sein Atem ging schnell, und er spürte bereits die Muskeln seiner Waden; allerdings wusste er auch, dass die erste halbe Stunde einer Wanderung immer die anstrengendste war. Mit der Zeit würde er seinen Rhythmus finden.

Je höher sie kamen, desto schmaler wurde der steinige Pfad. Mit einiger Anstrengung erreichten sie den Saum des dichten Waldes. Der steilste Abschnitt ihres Aufstiegs stand ihnen noch bevor.

Mit einem Male wurde die Luft feucht und schwer, der Pfad vor ihnen nass. Pietro folgte schnurgerade dem Weg, während Domenico einige Meter hinter ihm häufig Schritt und Richtung änderte, um nicht in eines der vielen kleinen Schlammlöcher zu tappen, die sich in der Nacht gebildet hatten. So wanderten sie schwer atmend, bergan, bis schließlich die helleren Flächen und die letzten Häuser von Posalz in der Ferne unter ihnen verschwunden waren.

Die Gerüche des Waldes waren nicht weniger stark und lebhaft als die Farben. Es roch nach Moos, nach Verwelken; nach Fäulnis; das Holz der Rot- und Weißtannen verbreitete ebenso seinen Duft wie das Harz der Schwarz- und Zirbelkiefern und die Zweige der Eiben. Ohne auch nur einmal stehen zu bleiben, schloss Domenico immer wieder die Augen, um die reich gesättigte Luft zu genießen, und konzentrierte sich darauf, jene Düfte einzuatmen, die er am meisten liebte: die von Holunder und Ginster.

Am Boden hörte man ihre schweren Schritte und tiefen Atemzüge und in der Höhe die besorgten Rufe der Eichelhäher und Kolkraben, die die anderen Tiere vor dem Eindringen von Menschen warnten. Domenico betrachtete seinen Vater, der ihm vorausging, und bewunderte dessen entschlossenen Schritt, dem jede Unsicherheit fehlte, obwohl der Pfad immer steiler bergauf führte. Wie die Zangen eines Hirschkäfers schauten die großen Gewehre aus seinem Rucksack hervor, und seine kondensierten Atemstöße schwollen zu mächtigen Dampfwolken an.

Er wusste nicht, wo und wann sein Vater haltmachen würde, war sich aber sicher, dass sie dazu mindestens Pianaz erreicht haben mussten, jene große Lichtung, von der aus in dieser Jahreszeit jede Nacht das gewaltige Röhren der männlichen Hirsche bis weit hinunter ins Tal zu hören war.

Am liebsten hätte er seinen Vater gebeten, einen Moment stehen zu bleiben, damit er ein wenig ausruhen konnte und wieder zu Atem kam, aber er fand nicht den Mut dazu. Stattdessen biss er die Zähne zusammen und folgte ihm so, wie ihr Karren stets Isotta folgte.

16

Die ersten Sonnenstrahlen fielen schräg durch das Tannengeäst und legten sich lauwarm auf sein Gesicht. Von der feuchten, dunklen Erde und aus dem grünen Moos längs des Pfades stiegen weiße Schleier empor. Das von der Sonne gestreifte Unterholz erwachte und begann zu atmen, die Sträucher und Brombeerranken streckten sich. Buchfinken und Dompfaffen, Meisen und Nachtigallen sangen lauter, stachelten einander zu immer munterem Gezwitscher, immer lebhafteren Rufen an.

Der Duft der Latschenkiefern, der die Luft durchzog, weckte in Domenico die Erinnerung an seine Mutter, an den Duft ihrer hellen Haut, wenn sie ihn, den kleinen Jungen, auf den Arm genommen und an sich gedrückt hatte. Höher und höher hinauf führte der

Pfad durch den Wald, während er, den Blick auf die Spitzen seiner Bergschuhe gerichtet, in einem fort an sie dachte.

Er sah sie vor sich, wie sie seine nach einem Purzelbaum zerrissene Hose flickte oder mit der Sense auf der Wiese Heu machte, die Haare im Nacken zusammengebunden und die Haut von der Sommersonne gebräunt. Er sehnte sich nach ihrem Lächeln, vermisste ihre Hände, ihre warmen Wangen. Und jeden Morgen, nach dem Aufstehen, vermisste er die Milch, die sie ihm zum Frühstück warm gemacht hatte. Denn die von ihr erwärmte und in seine Schüssel gegossene Milch schmeckte anders als jede andere. Es war eine andere Wärme. Nach ihrem Tod hatte nie mehr eine Milch so geschmeckt wie diese.

Da, plötzlich, ein seltsames Geräusch, bergauf, nur wenige Meter zu ihrer Linken.

Pietro blieb stehen, und Domenico kehrte schlagartig in die Wirklichkeit zurück. Ein Reh, dessen rötliches Sommerfell schon fast grau-braun geworden war, tauchte verängstigt aus einem Gebüsch auf und rannte mit weiten Sprüngen tiefer in den Wald hinein.

»Immer die Augen offen halten«, sagte Pietro, indem er sich zu seinem Sohn umdrehte.

Sie tranken etwas Wasser und setzen ihren Weg fort.

Immer weiter wanderten sie, mehr als zwei Stunden lang, bis sie das Pala dei Livinai genannte Plateau erreichten, schon weit über die Lichtung von Pianaz hinaus, wo die schlammige Wiese von Hufspuren und Hirschexkrementen bedeckt gewesen war. Sie hatten sich nur kurz umgeblickt und waren weitergegangen. Mittlerweile stand die Sonne recht hoch am jetzt blauen Himmel. Domenicos Aufregung wuchs, als er sich klarmachte, dass dies keine normale Wanderung war, sondern eine echte Jagd. Und was für eine! Er hätte seinen Vater gern vieles gefragt, spürte aber, dass dies nicht der rechte Augenblick war, und trottete schweigend hinter ihm her.

Sie gelangten zu einer weiteren Lichtung in der Nähe des Jochs Forcella del Pore. Über ihnen zog ein Habicht langsam seine Kreise und hielt nach Beute am Abhang Ausschau. Die Gewehrläufe funkelten in der Sonne.

Als sie sich umwandten, erblickten sie weit unter sich ganz klein Colle Santa Lucia.

Sie nahmen jeder einen weiteren Schluck aus der Feldflasche. Dabei trat Pietro auf Domenico zu und versetzte ihm einen warmherzigen Klaps auf die Schulter.

»Halt durch, mein Sohn, das härteste Stück haben wir hinter uns«, sagte er, während er sich mit dem Ärmel über den Mund wischte.

Domenico fuhr sich mit einer Hand durch das schwarze Haar und spürte, wie er vor Rührung errötete. Solch eine liebevolle Geste hatte er von seinem

Vater seit wer weiß wie langer Zeit nicht mehr erfahren, und als er diese Stimme hörte, die im väterlich aufmunternden Ton zu ihm sprach, hätte er am liebsten geantwortet: »Gib mir noch einen Klaps, Papà. Und du wirst sehen, dann erwischen wir ihn garantiert, diesen Bären.«

Aber seine Zunge rührte sich nicht.

17

Wie ein Spürhund spähte Pietro in alle Richtungen. Er schnupperte an der Luft, untersuchte die mit Flechten überzogenen Stämme der Lärchen, schaute, wo Grasbüschel geknickt waren, und prüfte, ob sich auf dem Erdboden um sie herum Spuren von Pfoten oder tierische Ausscheidungen fanden.

Von hier aus bot sich ihnen ein atemberaubender Blick: Über dem tiefen Tal, aus dem sie heraufgestiegen waren, erhoben sich die Gipfel des Monte Pelmo und der Civetta. Direkt vor ihnen ragte der Monte Pore mit seiner verschneiten Spitze empor und weiter hinten die rosafarbenen, grauen und gelben Felsen der Averaugruppe, umspielt von rasch dahinziehenden Wolken, die die höchsten Gipfel krönten. Domenico setzte sich für ein paar Minuten auf den morschen Stamm einer umgestürzten Tanne, wohingegen Pietro sich ein wenig entfernte, um das Gelände genauer in Augenschein zu nehmen.

Dem Jungen taten die Füße weh, und so wie ihn einige Stellen an den Fersen und großen Zehen zwickten, war ihm klar, dass er sich bereits ein paar ordentliche Blasen gelaufen hatte.

Pietros Stimme drang hinter einigen Bäumen in vielleicht dreißig Metern Entfernung hervor.

»Komm, sieh dir das mal an!«, rief er.

Auf einen Stock gestützt, rappelte Domenico sich hoch, und obwohl sich seine Beine so hart wie Marmor anfühlten, rannte er neugierig hinüber.

»Ich glaube, *El Diàol* ist hier herum gestreift …«, fuhr Pietro fort.

»Woher weißt du das?«

»Siehst du es nicht?«

Erst jetzt entdeckte Domenico, dass zu den Füßen seines Vaters der halbe Kadaver eines einst stattlichen Hirsches lag. Offenbar war er auf Höhe des Hinterleibs entzweigerissen worden, und hier, direkt vor ihnen, befand sich nur der vordere Teil mit grausam zerfetztem und ausgeweidetem Bauch, während laut summende, dichte Schwärme von Schmeißfliegen aus dem Dunkel des Gerippes auf- und wieder eintauchten. Breite, mächtige Krallen mussten dem Hirschen das graue Fell vom Leib gezogen haben. Seine Augen waren im Ausdruck äußersten Entsetzens weit aufgerissen und von Ameisen und Fliegen bedeckt, und seine trockene Zunge hing ihm aus dem Maul.

»Nun weißt du es auch«, sagte Pietro leise.

Aber es war nicht nur dieser grauenhafte Anblick, der Domenico Schauer des Schreckens über den Rücken jagte. Es war auch dieser widerliche Gestank, wie ihn Domenico noch nie zuvor in seinem Leben in der Nase gehabt hatte. Der Geruch, der von dem Kadaver ausging, war so durchdringend und abstoßend, dass der Junge sich bald abwenden und entfernen musste, um sich nicht zu erbrechen. Er setzte sich wieder auf den morschen Baumstamm, atmete tief durch und betrachtete die verschneiten Gipfel der höchsten Berge, aber dieser Gestank wollte nicht weichen, hing ihm in den Nasenflügeln und schien sich für immer festgesetzt zu haben.

18

»Mach dir mal das Gesicht mit dem kalten Wasser nass. Du wirst sehen, das hilft«, sagte sein Vater, indem er ihm eine Feldflasche reichte.

Domenico befolgte seinen Rat und gab Acht, nicht zu viel Wasser zu vergeuden.

Beide zogen die dicken Jacken aus.

»Was du da gerade gesehen hast, ist sein Werk«, sagte Pietro, während er sich eine Zigarette drehte.

»Warum bist du dir da so sicher?«

Pietro zündete sich die Zigarette an und setzte sich neben ihn.

»Hast du genau hingesehen?«

»Ja … ich glaube schon.«

»Wölfe hätten die ganze Beute gefressen. Und kein Tier hat solch scharfe, breite Krallen.«

»Und warum kein anderer Bär?«

Sein Vater bedachte ihn mit einem spöttischen Blick und sagte dann: »Weil es hier sonst keine Bären mehr gibt, Dummkopf. Der letzte Braunbär wurde 1931 erlegt, also vor über dreißig Jahren. Bringt man euch so was nicht in der Schule bei?«

Die Sonne stand mittlerweile schon hoch am Himmel, und ihre wärmenden Strahlen lagen angenehm auf der Haut. An diesen ersten Oktobertagen wurde es tagsüber noch recht warm, wobei die Temperatur nachts allerdings auf fast null Grad herabfiel.

»Und dann ist da noch was«, fügte er hinzu.

»Was denn, Papà?«

»Der Gestank.«

Schweigen. Pietro zog an seiner Zigarette, bevor er fortfuhr. »Dieser faulige Gestank, den du gerochen hast, kommt nicht von dem Kadaver. Die Hirschkuh ist gestern Abend gerissen worden, früher nicht.«

Domenico drehte sich zu ihm um. »Und was ist das dann für ein Geruch?«

Sein Vater setzte seinen Filzhut ab und fuhr sich mit einer Hand durchs Haar.

»Das ist *sein* Geruch. Der Geruch des Teufels, *El Diàol*. Präg dir seinen Höllengestank nur gut ein, mein Sohn, denn bald schon werden wir ihm gegenüberstehen.«

Er nahm einen letzten Zug, trat die Kippe im gelblichen Gras aus und deutete mit dem Kinn Richtung Wald, zum Zeichen an seinen Sohn, dass es Zeit wurde, sich wieder auf den Weg zu machen.

»Papà, was glaubst du, sind wir in Gefahr?«, fragte Domenico und fürchtete schon, dass sein Vater ihm die Frage übel nehmen würde.

»Noch nicht«, antwortete Pietro, während er aufstand und eine Augenbraue hochzog.

Domenico erhob sich ebenfalls und dachte, dass sie kaum einmal so lange miteinander geredet hatten wie jetzt gerade. Vielleicht hatten sie sogar ihren Rekord gebrochen. Seine Blasen schmerzten, seine Beine ebenso, aber wie nie zuvor fühlte er sich bereit, aufzubrechen und seinem Vater zu folgen.

Er wusste, was es hieß, wenn sein Vater eine Augenbraue hochzog: Etwas beunruhigte ihn, machte ihm Sorgen, vielleicht sogar Angst.

19

Sie tauchten wieder in den Wald ein und wanderten mit gleichmäßigen, langsamen Schritten. Der Morgen war fast vorüber, und die hohe Sonne sickerte in Strahlenbündeln, die wie weiße Zylinder aussahen, zwischen den Pinienwipfeln ein.

»So, gleich sind wir da«, sagte Pietro nach einer Weile, und es klang, als hätte er die ganze Zeit ein genaues Ziel im Kopf gehabt.

So hoch in den Bergen war Domenico noch nie gewesen, und obwohl dies seine Heimat war und er sein ganzes Leben am Fuße jener Wälder verbracht hatte, kam ihm das Gelände, das er jetzt mit seinem Vater durchstreifte, wie ein Labyrinth vor, geheimnisvoll und faszinierend wie in einem Fiebertraum.

Nicht lange, und den beiden zog wieder dieser entsetzliche Gestank in die Nase. Pietro schaute sich um und bemerkte, dass einige Baumstämme mit Gewalt aufgekratzt worden waren, und in den Rissen zwischen der zerfetzten Rinde grau-braune Haare steckten, lang und dick, wie gemachtes Heu. Er ging in die Knie und zog eines der Gewehre aus dem Rucksack. So wie sein Vater es zur Hand nahm und vor sich hielt, wurde Domenico klar, dass die Waffe bereits geladen und schussbereit war. Ein Schauer lief ihm über den Rücken, vom Hintern bis hinauf zu den Schläfen. Er rechnete damit, dass jeden Moment ein großes Tier auf sie beide zustürmen würde. Aber nichts geschah. Endlich gingen sie weiter.

Irgendwann öffnete sich der Wald und wurde lichter, die Bäume rückten auseinander, und die Steigung wurde sanfter, bis das Gelände schließlich fast flach war und viel trockener, mit kargem, ausgedünntem Unterholz und einem mit Piniennadeln übersäten Waldboden.

Wenige Minuten später erblickten sie, noch ein wenig entfernt, zwischen Rottannen verborgen, eine kleine Berghütte, und kurz darauf hörten sie das schwache Plätschern eines Baches.

»Da wären wir!«, rief Pietro aus.

Als sie davor standen, erkannte Domenico die Hütte als das, was sie tatsächlich war: eine alte, verfallene Baracke, deren Wände nur wie durch ein Wunder noch senkrecht standen.

»Hier bleiben wir bis morgen früh«, sagte Pietro und trat gegen die Tür, die sich quietschend öffnete.

Kaum hatte Domenico diese Worte gehört, streifte er sich den Rucksack von den Schultern und ließ sich erschöpft zu Boden fallen. Tatsächlich war er ungeheuer erleichtert, dass sie bis zum nächsten Tag hier bleiben würden. Er war am Ende, kraftlos, sein Herz raste und seine Füße brannten, als wimmelten in seinem Schuhwerk rote Ameisen, die ihn bei jedem Schritt in die Haut bissen. Er zog die Bergschuhe aus und auch die schweißgetränkten Wollstrümpfe und ließ die Füße ins kalte Bachwasser gleiten. Währenddessen zündete sein Vater die Petroleumlampe an, die er mitgebracht hatte, und betrat die Hütte, deren Boden mit Stroh bedeckt war. Er lud alles ab und verteilte, was sie dabei hatten, bevor er sich wieder ins Tageslicht begab und zum Bach ging, um sich zu erfrischen und die Feldflaschen aufzufüllen.

Als Domenico in die Hütte kam, zitterte er immer noch, und kaum hatte er sich auf dem Stroh niedergelegt, schlief er schon, tief und fest, wie ein kleiner Junge.

20

Domenico wachte auf und sah durch die offen stehende Hüttentür, dass die Sonne bereits Richtung Westen sank. Es war deutlich kälter, als es noch am Mittag gewesen war, und der Stärke des Sonnenlichts nach zu urteilen, war es vielleicht drei Uhr, höchstens halb vier. Um diese Zeit, so überlegte er, kam er gewöhnlich aus der Schule zurück, nachdem er die ganze Busfahrt über Maria angeschaut hatte, ohne sich jemals zu trauen, sie anzusprechen. Und sie hätte sich, da war er sich sicher, auch heute wieder nicht von ihm verabschiedet: Sie wusste um ihr blendendes Aussehen und hatte nur Augen für ältere Jungen.

Er blieb noch einige Augenblicke liegen, um ganz zu sich zu kommen und zu begreifen, warum er in dieser Hütte lag. Von seinem Vater keine Spur. Aber er hielt es für besser, nicht nach ihm zu rufen. Er fühlte sich so verwirrt und benommen, als stecke sein Kopf unter einer gläsernen Glocke. Die Milchsäure in den Muskeln ließ seine Waden und Oberschenkel ordentlich schmerzen, doch wenigstens brannten die Blasen an seinen Füßen nicht mehr so schlimm wie vorher. Er richtete sich auf und stellte zu seiner großen Überraschung fest, dass seine Füße mit einer Salbe behandelt und gewissenhaft verbunden worden waren.

Warum, hätte er selbst nicht genau sagen können, aber als er das sah, stiegen ihm Tränen in die Augen.

Da hörte er, ganz in der Nähe, einen lauten Schuss, dessen Echo einige Male nachhallte und die Hüttenwände erzittern ließ.

Erschrocken sprang Domenico auf und bewegte sich zur Tür. Auf der Wiese, vielleicht fünfzig Meter entfernt, sah er seinen Vater, der langsam auf die Hütte zuschritt. In der Hand hielt er ein Gewehr, aus dessen Lauf noch Rauch aufstieg. Eilends verschwand Domenico von der Tür und setzte sich auf die große Bank, die an einer Seite der Hütte stand.

Als Pietro eintrat, sagte er nur: »Später kannst du es auch mal versuchen. Doch jetzt sollten wir erst mal etwas essen. Was meinst du?«

Domenico war sprachlos und konnte nur nicken, wobei ihm seine schwarzen Haare vor die Augen fielen.

Pietro trat zu ihm und holte aus seinem Rucksack ein Taschenmesser, lange gelagerten Fodòm-Käse und einen großen Laib Schwarzbrot hervor. Er schnitt von allem ab und verteilte die Stücke zu gleichen Teilen. Mit dem Speck und der geräucherten Forelle machte er es genauso.

Die Vorstellung, bald selbst mit einem dieser schweren Gewehre zu schießen, hatte Domenico in eine solche Aufregung versetzt, dass ihm fast der Hunger verging. Allerdings hatte er seit dem Morgengrauen nichts mehr gegessen, und der anstrengende Aufstieg hatte seine letzten Kräfte gekostet, sodass allein schon der Anblick des Brotes und der Duft von Speck und Schimmelkäse seinen Magen grummeln ließen.

21

Nach den ersten Bissen holte Pietro eine Korbflasche Rotwein aus seinem Rucksack hervor, setzte an und trank direkt aus der Flasche.

Domenico bemerkte wieder, dass sein Vater ungewohnt umgänglich war, und überlegte, wann er ihn zuletzt so erlebt hatte. Ja, vielleicht überhaupt noch nie zuvor.

»Papà …«, begann er.

Sein Vater blickte ihn mit entspannter Miene an.

»Woher wusstest du von dieser Hütte?«

Schlagartig fiel ein Schatten auf Pietros Gesicht. Er griff zu einem Stück Brot, biss ab und kaute mit heftigen Bewegungen.

Nach einigen Augenblicken sagte er. »Geh zum Bach und hol Wasser. Und trödel nicht so!«

Domenico verschwand mit den leeren Feldflaschen und brachte sie kurz darauf gefüllt wieder zurück. Er sagte nichts mehr, denn er spürte, dass er schon zu viel gesagt hatte, auch wenn er nicht verstand, warum er diese Frage besser nicht gestellt hätte. Aber was sollte er machen, so war sein Vater eben: immer mehr Wolken als Vollmond.

Die Sonne ging bereits unter, als Pietro mit dem Gewehr über der Schulter und dem Fernglas in der Hand hinaustrat, um das Gelände ringsum zu erkunden. Mittlerweile leuchteten die Herbstfarben im Abendlicht mit einer Kraft, als habe jemand im Innern der Dinge eine Laterne entzündet: flammendes Rot, sattes Gelb, Orange, Ocker. Ein Triumph von Licht und wärmsten Farbtönen, die dem Wald und der Lichtung um sie herum etwas Magisches, Surreales verliehen.

Plötzlich stand Pietro wieder in der Tür, trat ein und war im nächsten Moment mit dem zweiten Gewehr in der Hand schon wieder draußen.

»Komm mit«, sagte er trocken, »sonst ist die Sonne gleich ganz fort.«

Sein Vater sprach stets Italienisch mit ihm, schon seit er ein kleiner Junge gewesen war. Mit den anderen im Dorf redete Pietro Sieff fast ausschließlich Ladinisch, doch sein Sohn hörte ihn nur selten in dieser Sprache reden.

Er führte ihn zu der Wiese, die in einem orangefarbenen Licht lag, das zwischen einigen hohen, dünnen Wolken einfiel.

»Du wirst dich schon gefragt haben, woher diese beiden Gewehre stammen.«

Domenico antwortete nicht.

»Sie gehören mir. Schon immer. Ich hatte sie schon, bevor du zur Welt gekommen bist. Hier in meiner Linken habe ich ein Drilling M30, das ich vor vielen Jahren einem Sammler aus dem Val Gardena abgekauft habe. Mit diesem Gewehr wurden im Zweiten Weltkrieg die Besatzungen der deutschen Luftwaffe ausgerüstet, damit schossen sie bei Notlandungen in Afrika auf Großwild oder feindliche Soldaten. In den nächsten Tagen wird dieses Luftwaffendrilling meine persönliche Waffe sein. Das andere, in meiner Rechten, ist ein Springfield M1903, ein amerikanisches Gewehr aus dem Ersten Weltkrieg, das ich selbst in einem Schützengraben noch hinter den Gipfeln der Cinque Torri gefunden habe. Beide Waffen sind in einem ausgezeichneten Zustand, und wir haben jede Menge Munition dabei. Wenn wir diese Bestie erlegen wollen, müssen wir beide darauf vorbereitet sein, sie auch einzusetzen.«

Er reichte ihm das Springfield, und indem er die andere Waffe in beide Hände nahm, sagte er: »Und so legt man sie an. Versuch's mal!«

Domenico stellte schnell fest, dass seine Waffe nicht nur fast so lang wie er selbst, sondern auch sehr schwer war, denn er hatte Mühe, sie an der rechten Schulter anzulegen.

Pietro zeigte ihm, wie sie geladen und wie der Abzug betätigt wurde, ließ ihn zielen und auf eine große Weißtanne feuern, die etwa zwanzig Meter entfernt stand.

Als Domenico abdrückte, war der Rückstoß so stark, dass er ihm fast die Schulter auskugelte und er sich mit dem Hintern am Boden wiederfand.

Der Hall seines Schusses aber setzte sich an den Felswänden fort, bis das Echo langsam erstarb.

Pietro lachte, streckte dann die Hand aus und zog seinen Sohn aus dem Gras hoch.

»Hab ich … hab ich getroffen?«, fragte Domenico verwirrt.

Sein Vater lachte noch lauter, während sich in der Luft der Geruch von Schießpulver verbreitete.

»Ja, klar! Schade nur, dass die Wolken kein Blut verlieren.«

22

Der heraufziehende Abend hatte die Temperatur sinken lassen, und als sie zum Bach gingen, um sich das Gesicht zu erfrischen, kam ihnen das Wasser eiskalt vor.

Unterdessen hatten sich auf der Lichtung, auf der Vater und Sohn eine halbe Stunde zuvor noch geschossen hatten, fünf Rehe eingefunden, die friedlich ästen, und am Waldrand, nicht weit von ihnen entfernt, waren zwei ausgewachsene Auerhähne aufgetaucht, die sich furchtlos bekämpften.

Um eine Hüttenwand, die besonders schief war, zu verstärken, richtete Pietro einige Bretter besser aus. Anschließend sammelte er Brennholz im Wald und machte ein Feuer, an dem sie sich wärmen konnten.

»Meinst du, wir sind hier in Sicherheit?«, fragte Domenico nach einer Weile.

»Das Feuer und unsere Geräusche werden den Bären fernhalten, aber von heute an sind wir nirgendwo mehr in Sicherheit, mein Sohn. Nur vergiss nicht, das Gleiche gilt auch für *ihn*.«

»Aber wenn wir ihn erwischen, Papà, wie wollen wir ihn dann bis nach Hause transportieren?«

»Holz gibt's hier doch mehr als genug.«

»Schon.«

»Ich zeig dir, wie man einen echten Ampezzaner Waldschlitten baut. Der Meister, bei dem ich vor vielen

Jahren mein Handwerk gelernt habe, hat mir das beigebracht.«

Am Himmel funkelten die ersten Sterne. Die beiden Sieffs ließen das Feuer ausgehen. Ohne Hast zogen sie sich in die Hütte zurück und verschlossen sie, indem sie noch ein paar Bretter vor die morsche Tür klemmten. Schließlich zündeten sie die Petroleumlampe an und legten sich auf dem Stroh nieder, mit einigem Abstand voneinander.

»Morgen besuchen wir jemanden, der uns sicher helfen kann, den Teufelsbären zu erwischen«, sagte Pietro, der damit begonnen hatte, sein Messer zu schärfen.

Domenico war verblüfft.

»Wen denn?«, fragte er.

»Das wirst du schon sehen.«

Domenico fragte nicht weiter nach, reckte den Kopf und lugte mit einem Auge durch einen Ritz zwischen zwei Brettern der Hüttenwand. Draußen war es stockdunkel, aber man sah einen großen Mond, der sich so klar vom schwarzen Himmel abhob, als leuchte er aus eigener Kraft.

Sein Vater beobachtete ihn einen Moment lang und machte dann auf sich aufmerksam, indem er mit dem Messergriff einmal kurz auf den Fußboden klopfte.

»Ich glaube, es ist Zeit, dass ich dir etwas verrate«, begann er, als Domenico sich zu ihm umgewandt hatte.

»Wenn es uns gelingt, *El Diàol* zu erledigen, sind wir gemachte Leute.«

Der Junge horchte auf.

»Ich hab mit Mario Crepaz, dem Lebensmittelhändler unten im Dorf, eine Wette abgeschlossen. Vor allen Leuten, vor Zeugen, also in aller Öffentlichkeit …«, fuhr Pietro fort. »Ich kriege eine Million Lire, wenn ich diesen verdammten Bären erwische.«

Er schwieg, und man hörte nur noch das beharrliche Rufen der Eulen draußen vor der Berghütte.

Domenico wurde blass, und sein Herz schlug heftiger. Eine Million, das war eine Menge Geld, wirklich ein ganzer Berg. Er wusste, dass sein Vater nicht dumm war, und hatte keine Sekunde daran gezweifelt, dass er, wenn er sich auf ein solch gefährliches Abenteuer einließ, einen guten Grund dazu haben musste. Dennoch, von dieser Wette hatte er nichts geahnt. Zum zweiten Mal an diesem Tag war ihm danach, aufzustehen, zu ihm zu laufen und ihn zu umarmen. Er fühlte sich von einer enormen Kraft erfüllt, und mit einem Male waren alle Anstrengungen und alle Schmerzen vergessen, die ihm diese schwere Wanderung am Morgen eingetragen hatte. Und er fühlte auch, dass das, wozu sie aufgebrochen waren, eigentlich weniger ein gefährliches Abenteuer war als eine Mission. Zusammen würden sie es schaffen, auch das fühlte er.

Tja, und dann sind wir gemachte Leute, Papà, dachte er. Und du wirst sehen, mit etwas mehr Geld in der Tasche, kommen wir auch sicher wieder besser miteinander aus. Du wirst mich wieder gernhaben und vielleicht auch in den Arm nehmen, so wie früher, als Mama noch gelebt hat. Und du wirst sehen, das ganze Dorf wird dich wieder achten. Und Maria wird mich mit anderen Augen sehen. Und dann will sie sicher auf meiner Vespa mitfahren. Denn wenn wir diesen verdammten Bären töten, kaufe ich mir eine Vespa. So eine weiße wie auf dem Werbeplakat, das ich unten in Agordo gesehen habe. Und wir werden glücklich sein, Papà.

Ja, wenn sie Erfolg hätten, könnte er weiter zur Schule gehen, später sogar studieren. Ein ganz neues Leben tat sich vor ihm auf.

Pietro schärfte noch eine Weile sein Messer. Dann krochen beide tief unter ihre dicken Wolldecken, denn die Luft hatte sich weiter abgekühlt.

»Aber leicht wird es nicht, mein Sohn. Dieser Bär ist nicht wie andere, ist viel gefährlicher …«

Er löschte das Licht, und sie versuchten einzuschlafen.

Keiner der beiden erwähnte die Blasen an Domenicos Füßen, und keiner sagte dem anderen Gute Nacht.

23

»Da ist noch etwas«, hörte Domenico seinen Vater nach einigen Minuten erneut ansetzen. »Diese Hütte habe ich gebaut. Mit meinen eigenen Händen, vor ungefähr zwanzig Jahren. Ich bin hier oft mit deiner Mama gewesen, in der Zeit, als wir frisch verliebt waren. Wir mochten es, ganz für uns zu sein, und dieser Ort hier gehörte nur uns allein. Er war unser Geheimnis, verstehst du? Im Sommer kamen wir jeden Sonntag hierherauf, und eine Weile haben wir sogar überlegt, uns hier fest niederzulassen. So ist das, wenn man verliebt ist, das wirst du auch noch feststellen, da denkt man sich lauter verrückte Dinge aus.«

Im Dunkeln wurde sein Vater richtig gesprächig. Und Domenico konnte weinen, ohne befürchten zu müssen, dass Pietro es sah.

24

Er machte kein Auge zu.

Was sein Vater ihm über diese Hütte mitgeteilt hatte, wühlte den Jungen so sehr auf, dass er sich ruhelos auf seinem Strohlager hin und her wälzte. Seine Glieder waren müde, aber sein Geist war hellwach wie ein Marder, der seine Beute hetzt.

Er dachte an seine Eltern vor zwanzig Jahren, stellte sie sich jung und verliebt vor.

Hier hatten sie sich geliebt, und die Tatsache, dass er selbst sich jetzt zum ersten Mal zwischen diesen Wänden aufhielt, rührte und erschütterte ihn.

Diese heruntergekommene Hütte, in der er lag, war, wie er soeben erfahren hatte, nicht irgendein beliebiger Unterschlupf – nein, fast wie ein Zuhause kam sie ihm vor.

Ein Strudel von Gedanken, wirren Gefühlen, Ängsten, Erinnerungen ergriff ihn. Es war, als höre er die Wände von früheren Zeiten erzählen, als seine Eltern hier herauf gewandert waren und davon geträumt hatten, für immer an diesem Ort zu leben, in einer Art Paradies auf Erden, wo die Zeit keinen Anfang hatte und kein Ende.

Nach und nach beruhigte er sich und kehrte in die Gegenwart zurück. Und was er jetzt als Erstes fühlte, war Kälte. Eine unheimliche Kälte.

Und Angst. Eine unheimliche Angst.

Dieser Bär sei noch viel gefährlicher als andere, hatte sein Vater gesagt.

Und plötzlich fiel ihm wieder ein, zu welchem Zweck sie überhaupt hier waren: um diesen Teufelsbären zu töten.

Oder: um von ihm getötet zu werden. Auf alle Fälle würde jemand sterben müssen.

Und in diesem Augenblick stellte sich Domenico, zum ersten Mal in seinem Leben, das Allerschlimmste vor.

Draußen hörte man das Heulen von Wölfen. Es schienen Hunderte zu sein. Ein Schauder lief ihm über den Rücken.

25

Am Tag darauf, dem 8. Oktober, wurden sie früh von einem Geräusch geweckt, das klang, als würde jemand Holz mit grobem Schmirgelpapier bearbeiten. Pietro kümmerte sich nicht darum, als wisse er längst, worum es sich in Wirklichkeit handelte. Domenico hingegen zog sich rasch an und öffnete voller Neugierde die Hüttentür. Als er zu dem hohem Baum vor der Hütte hinaufblickte, erkannte er, dass das Geräusch von zwei Eichhörnchen stammte, die einander um den Stamm herum nachjagten.

Der Himmel war bedeckt, und kühle Luft schlug dem Jungen entgegen. Aber er spürte sofort, dass er ganz gut laufen konnte, ohne dass ihm die Blasen an den Füßen oder die Beine zu schaffen machten.

Die grauen Felswände der Averaugruppe über ihnen glänzten, als habe es während der Nacht dort oben geregnet.

Am Horizont, über der Geislergruppe, erkannte man schon einen schmalen Streifen Himmel von einem fahlen Blau.

Über der Lichtung bei der Hütte lag ein Dunstschleier, aus dem Dutzende von Herbstzeitlosen hervorschauten, die am Vortag noch nicht zu sehen gewesen waren.

Vater und Sohn wuschen sich das Gesicht am Bach, kehrten dann mit ihren Gewehren zu dem Platz auf der Wiese zurück und schossen wieder, bis es Domenico nach zahlreichen Versuchen endlich gelang, ein vorgegebenes Ziel zu treffen, eine Lärche, deren alter Stamm von dem großen Kaliber fast zerfetzt wurde.

»Die erste Regel, an die du dich halten musst«, erklärte Pietro, während er sich eine Zigarette anzündete, »wenn ein Bär auf dich zukommt und du bewaffnet bist, lautet: Ruhe bewahren. Niemals, auf gar keinen Fall, abrupte oder weit ausholende Bewegungen machen.«

Geduldig und aufmerksam, wie in der Schule bei seiner Lieblingslehrerin, hörte Domenico zu. Nur sein Schreibheft fehlte, aber dafür hielt er ein Gewehr aus dem Ersten Weltkrieg in den Händen.

»Zweite Regel: Sicheren Stand suchen und ruhig auf das Tier zielen, ohne in Panik zu geraten. Ich weiß, das sagt sich so leicht, aber glaube mir, abzuhauen ist keine Alternative: So ein Bär ist schnell wie der Blitz, und im Wald würde er dich schon nach ein paar Metern einholen.

Dritte Regel: Tief durchatmen und ihm ins Gesicht schießen, und zwar im richtigen Moment, also dann, wenn er schon sehr nahe ist. Je näher, desto besser. Der Mutigere gewinnt. Und auf den Kopf zielen, verstanden? Direkt auf die Nase.

Vierte Regel. Und das ist die wichtigste«, fuhr Pietro fort, »vergiss diese Regeln, denn dieser Bär, mit dem wir es zu tun bekommen, ist eine Bestie wie keine andere.«

»Das heißt, es reicht nicht, auf ihn zu schießen?«

»Das heißt, es ist besser, ihn in eine Falle zu locken und dann gleichzeitig, aus verschiedenen Winkeln, auf ihn zu feuern. Und dann können wir nur hoffen. Aber denk immer daran: Entscheidend sind nicht die Kugeln, sondern der Mut. Wer mehr Mumm hat, gewinnt.«

Domenico nickte ernst. Er wusste nicht, wie mutig er war, bisher hatte er noch keine Gelegenheit erhalten, das auszuprobieren.

»Aber solche Dinge bringt man euch in der Schule natürlich nicht bei, oder?«, sagte sein Vater und zog tief an seiner Zigarette.

»Nein. Wo hast du sie gelernt?«

Obwohl er sie erst halb heruntergeraucht hatte, trat er die Zigarette am Boden aus und sagte: »Als ich mit dem Jagen begonnen habe, war ich jünger als du jetzt, mein Sohn. Und ich habe erst damit aufgehört, als du zur Welt gekommen bist. Den letzten Bären in der Gegend um den Monte Cernera habe ich vor dreißig Jahren geschossen. Aber die unten in Colle haben keine Ahnung davon!«

Domenico schwoll die Brust vor Stolz. Seit sie unterwegs waren, erfuhr er sehr viel Neues, Überraschendes über seinen Vater. Vor allem lernte er ihn jetzt erst richtig kennen.

Pietro verschwand in der Hütte, packte ihr ganzes Gepäck zusammen und sagte: »Machen wir uns wieder auf den Weg. Wir statten dem alten Zelger einen Besuch ab!«

Domenico hätte gern gefragt, wer zum Teufel das sei, doch seine Zunge sagte: »Kommen wir denn nicht hierher zurück?«

»Vielleicht schon, wer weiß, doch wir müssen *El Diàol* ja erst aufspüren. Deswegen nehmen wir im Moment alles mit. Oder meinst du, wir könnten hier auf den Bären warten? Nein, dafür ist es nicht der richtige Ort. Hier konnte ich dir gut das Schießen beibringen. Und außerdem … na ja, ich wollte ihn dir auch mal zeigen, wegen der Bedeutung, die er für unser Leben hat.«

Domenico deutete die Erklärung und das Wörtchen *unser* als Geste der Zuneigung und lächelte seinen Vater an, doch statt darauf einzugehen, wandte Pietro den Blick ab und schaute in die Richtung, die sie einschlagen mussten.

Beide hängten sich ihr Gewehr über die Schulter, und so machten sie sich wieder auf den Weg, der eine voraus, der andere dahinter, genau wie am Vortag. Sie überquerten die Lichtung und nahmen die Steigung Richtung Meleijoch in Angriff, über die Hochalmen und dann an der Porescharte im Westen entlang.

26

In den Augen des Tischlers war Pepi Zelger ein Mann, der es geschafft hatte.

Er hatte es geschafft, alles hinter sich zu lassen, sich aus der bürgerlichen Welt zu verabschieden und in die Bergwelt zurückzuziehen, um dort im Einklang mit der Natur, ihren Tieren, ihren Jahreszeiten zu leben. Nicht dass er zuvor in einer lärmenden Großstadt gewohnt hätte: Er stammte aus Welschnofen, einem Dorf in Südtirol zwischen dem Rosengarten-Bergmassiv und dem Latemar, aus dem er irgendwann vor den Anfeindungen geflohen war, die er dort als unbeugsamer Anarchist, wie er sich selbst bezeichnete, zu ertragen hatte.

Oben in den Bergen lebte er von dem, was die Natur ihm schenkte, und mehr brauche er auch nicht, um glücklich zu sein, sagte er.

Domenicos Vater wusste nicht, wie viele Jahre dieser Alte schon auf dem Buckel hatte, aber mit Sicherheit waren es mehr als siebzig, und seit dreißig Jahren lebte er dort, allein und abgeschieden, zwischen der Nuvolaugruppe und dem Falzaregopass.

Kennengelernt hatten sie sich viele Jahre zuvor in der Zeit, als Pietro und seine Braut Claudia häufig oben in ihrer Hütte übernachtet hatten, und einmal waren sie von dort höher hinaufgewandert bis zu einer anderen einsamen Berghütte mit rauchendem Kamin, die wie ein Steinpilz auf der Wiese dort auf der Hochalm zu Füßen der Dolomiten stand. Damals hatten sie ihn erstmals gesehen, diesen seltsamen Mann, der so krumm und steif wirkte, mit seinem langen Bart und der alten, zerlumpten und abgewetzten Tiroler-Schürze um den Bauch. Schon damals war er Pietro sehr alt vorgekommen, doch anders als man es seinem Äußeren nach erwartet hätte, zeigte er sich recht gesellig und gastfreundlich und hatte sich eine Weile mit dem jungen Paar, das so weit hinaufgewandert war, unterhalten.

Die Jahre vergingen, und Pietro und Claudia hatten den Alten noch häufiger besucht, meistens an Sonntagnachmittagen im Sommer, aber irgendwann waren die Besuche seltener geworden, so wie auch Pietro Sieff immer seltener zu der Hütte hinaufkam, die er im Wald weiter talwärts gebaut hatte.

Dann brachte Claudia Domenico zur Welt, und seitdem hatten sich die beiden praktisch nicht mehr gemeinsam aus Posalz und Colle Santa Lucia fortbewegt.

Allein hingegen hatte sich Pietro immer mal wieder aufgemacht zu einem Besuch bei dem alten Zelger, in dem er einen Freund sah, wie er im Dorf keinen einzigen besaß. Mit der Zeit hatte der Einsiedler so einiges von ihm und seiner Familie erfahren: dass der kleine Domenico, den er nie gesehen hatte, gesund heranwuchs, dass Pietro und seine Frau sich noch weitere Kinder gewünscht hätten, aber keine mehr bekommen hatten, und schließlich auch, dass Claudia gestorben war. Er erfuhr es, als Pietro eines Tages zu ihm heraufkam und ihm unter Tränen davon berichtete, es ihm erzählte wie einem Engel, der vom Himmel herabgestiegen war, um ihm zuzuhören.

Pepi Zelger hatte ihm lange zugehört. Und mit ihm geweint.

27

Die Gefahr, plötzlich *El Diàol* gegenüberzustehen, war allgegenwärtig, daher wanderten Vater und Sohn sehr umsichtig die gesamte Westflanke des Monte Pore entlang und stiegen dann, ebenso wachsam, weiter zum Meleijoch auf, Richtung Falzaregopass, bis zu den Hängen der Averau-Gruppe. Sie wanderten über den jetzt noch festen Grund der gelblichen Wiesen, die mit Herbstzeitlosen und Wolfsmilch übersät waren.

Es war sehr kalt, und der Himmel hatte sich seit dem frühen Morgen nicht verändert, war immer noch ein wenig bedeckt, als dächte dieses leichte Tuch aus Zirruswolken, das sich bis zur Geislergruppe auf der einen und bis zur Palagruppe auf der anderen Seite ausgebreitet hatte, gar nicht daran, von der Stelle zu weichen.

Tatsächlich war nicht der geringste Windhauch zu spüren, auch nicht in den höheren Lagen, und die Wirbel aus Schneeregenwolken, die am Vortag ruhelos um die Gipfel des Monte Civetta und des Pelmo gekreist waren, schienen erschöpft zu sein.

Domenicos Schritt war schwer, doch dank der Salbe und der Binden, mit denen ihn sein Vater verarztet hatte, schmerzten die Blasen an seinen Füßen nicht mehr bei jedem Schritt. Dennoch sehnte er sich danach, ans Ziel zu gelangen, sich wie am Vortag sofort von den schweren Bergschuhen und Kniestrümpfen zu befreien und Luft an diese nach wie vor nicht verheilten Blasen an seinen Fersen und unter den großen Zehen kommen zu lassen, die er sich, wie sein Vater ihm geraten hatte, in der Hütte noch mit Piniennadeln aufgestochen hatte.

Als nach einem letzten steilen Anstieg endlich Zelgers Behausung vor ihnen auftauchte, blieb Pietro einen Moment stehen. Er steckte zwei Finger in den Mund und pfiff wie ein altes Murmeltier so laut, dass es von den Felswänden ringsum widerhallte.

Sogleich sprangen zwei große Wolfshunde aus dem aus Holz und Stein errichteten Häuschen hervor und rannten auf die Besucher zu, die ungefähr zweihundert Meter entfernt waren. Domenico blieb erschrocken stehen.

Einen Augenblick später sah man endlich den alten Mann aus der Tür treten.

»Pepi!«, rief Domenicos Vater, dem diese wilden Tiere auch nicht geheuer zu sein schienen, »ich bin's, Pietro!«

Währenddessen stürmten die beiden Wolfshunde immer noch mit furchterregender Geschwindigkeit auf die Ankömmlinge zu. Doch kaum hatte der Alte seinen Freund erkannt, rief er zweimal: »Frida! Nuno! Kommt!«

Nach dem ersten Ruf wurden die Hunde schon langsamer, nach dem zweiten blieben sie stehen, wenn auch ungern, wie ihr beharrliches Bellen und Heulen in Richtung der Eindringlinge zeigte.

»Kommt her!«, rief ihr Herr sie noch einmal, und da verebbte ihr Geheul zu einem Winseln. Sie beruhigten sich und traten langsam den Rückzug an.

Als Domenico und sein Vater nur noch wenige Meter vom Haus entfernt waren, kam ihnen Pepi Zelger entgegen, umrahmt von seinen Hunden, die jetzt geradezu zahm und verspielt wirkten.

»Nun, was hat das zu bedeuten? Diese wilden Hunde kenne ich noch gar nicht«, sagte Pietro.

»Das bedeutet, dass du mindestens schon ein Jahr nicht mehr hier oben warst. Im Sommer sind sie es gewohnt, den Murmeltieren nachzujagen, vielleicht hat sie dein Pfiff deswegen so aufgebracht«, antwortete der Eremit mit starkem deutschem Akzent.

Neugierig betrachtete Domenico sein Gesicht. Er schien tatsächlich sehr alt zu sein: Er trug einen langen Bart, so weiß wie frischer Schnee, und seine Haut war runzlig wie die Rinde eines Berberitzenstammes. Die schmale, leicht gebogene Nase vermittelte den Eindruck von Strenge und Selbstsicherheit. Dass er immer noch hellwach und energiegeladen wie ein junger Mann wirkte, lag vor allem an seinen blauen Augen, die strahlten.

»Da hast du mir einen schönen Schrecken eingejagt. Die sind ja wie Wölfe«, sagte Pietro und umarmte ihn.

»Das *sind* Wölfe«, antwortete Zelger, während eines der beiden Tiere spielerisch an Domenicos Rucksack zu reißen begann. »Als ich sie vor einem Jahr unten im Wald fand, waren sie noch Welpen und hockten winselnd neben ihrer toten Mutter. Da habe ich sie mitgenommen und hier gezähmt.«

Pietro und Domenico sahen sich erstaunt an.

»Das ist übrigens mein Sohn«, sagte Pietro, während er ein wenig zurücktrat, um dem Jungen Platz zu machen, der unterdessen versuchte, sich Fridas hartnäckiger Annäherungsversuche zu erwehren. »Domenico, das ist Pepi, ein alter Freund von mir. Der Mann, den ich erwähnt habe und der uns sicher helfen kann.«

»Ach, Domenico! Herzlich Willkommen!«, rief der Alte aus, umarmte ihn herzlich und blickte ihm so aufmerksam in die Augen, dass der Junge meinte, er schaue in ihn hinein.

»Wie alt bist du?«, fragte Zelger.

»Fast dreizehn.«

»So alt schon?«, sagte der Alte, richtete den Blick auf Pietro und schickte einen Fluch nach. So unvermutet, dass Domenico lächeln musste.

»Gewöhn dich dran«, sagte sein Vater, »ein Wort und drei Flüche. So ist Zelger.«

Alle drei lachten und begaben sich in das Haus, während Frida und Nuno draußen blieben und sich geduldig und folgsam wie Haushunde vor dem Eingang ausstreckten.

28

Drinnen roch es nach Stein, Moos und trockenem Gras. Es war kühl, und die Ausstattung wirkte spartanisch: Der Fußboden war aus rohem Stein, und einander überlappende grob gehobelte Bretter bildeten die Wände. Schwere Holzbalken trugen die niedrige Decke. Es gab nur wenige Räume: eine große Stube, nach

Tiroler, nicht nach Ladiner Art, ein größeres Schlafzimmer sowie zwei winzige Kammern, in denen auch Betten standen. Über dem Herd hingen zahlreiche Kellen, Kochlöffel und Holzgefäße.

Aus einem bunt bemalten Bauernschrank holte der Hausherr eine Flasche Kräuterlikör und drei kleine Schnapsgläser hervor.

»Trinkst du auch schon, Domenico?«

Der Junge warf seinem Vater einen fragenden Blick zu, und der antwortete für ihn: »Natürlich trinkt er«, und dabei versetzte er ihm einen aufmunternden Klaps auf die Schultern.

»Gehst du zur Schule?«, fragte ihn Zelger, während er ihm eingoss.

»Ja, in die siebte Klasse, in Agordo.«

Die beiden Männer leerten ihr Glas auf einen Zug, und dann unterhielt sich der Alte weiter laut mit Pietro, während er etwas zu essen zubereitete und in einer Kupferpfanne über einer großen Flamme Spiegeleier briet.

Er verschwand in einer Kammer und kehrte mit einer ansehnlichen Menge von frischem Käse und Speck in die Stube zurück. Domenico hatte einen solchen Hunger, dass es in seinen Eingeweiden grummelte. Seit zwei Tagen hatte er nichts Warmes mehr gegessen. Unwillkürlich kamen ihm all die ladinischen Leckereien in den Sinn, die Tante Adele zuzubereiten wusste: ihre Tortellini *kasunziëi da pastolà*, ihre Leberknödel *balòte da figà*, ihre Tagliatelle mit Blutwurstsoße *foiadine da sank* oder auch ihre Ravioli, die *refiòi*.

Aber schnell wurde ihm klar, dass es besser war, gar nicht daran zu denken, und nachdem er eher widerwillig von dem Likör gekostet hatte, konzentrierte er sich ganz auf den intensiven salzigen Duft des Specks und merkte, wie ihm das Wasser im Munde zusammenlief.

Als die Eier fertig waren, setzte Pepi sich zu ihnen an den Tisch, und nachdem er sich ein Stück Weichkäse in den Mund geschoben hatte, sagte er. »Dieser schwer bewaffnete Besuch in meiner Hütte wird wohl einen bestimmten Grund haben, habe ich recht?«

29

Beim Essen erzählte Pietro ausführlich von der Wette, die er im Dorf eingegangen war, und fügte auch einige Einzelheiten hinzu, die er Domenico gegenüber verschwiegen hatte. Still saß dieser daneben, beobachtete Zelgers Gesten und lauschte den Worten seines Vaters. Der Alte wusste sofort, worum es ging, und erzählte seinerseits, dass er selbst diesen Bären dreimal in den letzten zwei Monaten gesehen habe. Ein außergewöhnlich mächtiges und wildes Tier. Und während er davon berichtete, waren seine blauen Augen weit aufgerissen;

offenbar hatten auch auf ihn diese Begegnungen großen Eindruck gemacht.

»Ich will ihn zur Strecke bringen«, sagte Pietro, »und ich bin hier, weil ich dich bitten will, mir dabei zu helfen, ihn aufzuspüren. Diese Berge und die Wälder weiter unten im Tal kennt keiner so gut wie du, und du bist der Einzige, der genauer wissen kann, wo *El Diàol* umherstreift, und wahrscheinlich auch, wo er sich verbirgt. Dafür bin ich bereit, einen Teil des Geldes an dich abzutreten.«

»Hör mir bloß mit deinem Geld auf«, fuhr der Alte brüsk dazwischen. »Hier habe ich alles, was ich brauche, um glücklich zu sterben. Außerdem hat Geld mich noch nie interessiert.«

Es entstand ein kurzes Schweigen, in dem Domenico die Verlegenheit seines Vaters wie am eigenen Leibe spürte.

»Und was deinen Plan, diesen Bären zu schießen, angeht«, fuhr Zelger fort, indem er die Augen schloss und einen langen Seufzer ausstieß, »so tätest du gut daran, ihn fallen zu lassen.«

»Kommt nicht infrage.«

»Bist du verrückt? Sogar die Wölfe zittern am ganzen Körper, sobald sie ihn sehen, und rennen in alle Richtungen davon. Selbst wenn man mit zwei solchen Kanonen wie euren Gewehren bewaffnet ist, heißt das nicht automatisch, dass man ihn damit töten kann.«

»Hör mal, Pepi, ich werde die Sache nicht abblasen, aus keinem Grund der Welt. Du kennst mich und weißt, dass es auch mir dabei aufs Geld gar nicht so sehr ankommt ...«

Wie Domenico spürte, gab es da Dinge, von denen er nichts wusste und die sein Vater ganz offensichtlich vor ihm verborgen halten wollte. Denn anders konnte er sich das gelegentliche Stocken im Gespräch zwischen den beiden alten Freunden, manche Andeutung, manches Augenzwinkern nicht erklären. Lebhaft diskutierten die beiden Männer fast eine Stunde lang, bis Zelger schließlich einsah, dass es ihm nicht gelingen würde, den Freund von seinem Vorhaben abzubringen.

»Na dann, wenn du's nicht anders willst«, sagte er und schickte seinen Worten einen Fluch nach, der anders als die anderen klang, gleichermaßen resigniert wie unheilvoll.

Domenico war plötzlich so, als sehe er sich von außen und wohne einem bedeutenden, beinahe magischen Moment bei, als bildeten diese Minuten, und besonders dieser Augenblick, ein wesentliches Kapitel seines Lebens – etwas, das seine Italienischlehrerin im Zusammenhang mit Filmen als Schlüsselszene bezeichnet hätte. Es war eine Vorahnung, klar und deutlich, aber ohne dass er den genauen Grund dafür hätte sagen können. Und so versuchte er, sich alles, was mit diesem Moment zusammenhing – Bilder, Gerüche, Empfindungen – genau einzuprägen.

Unterdessen hatte der alte Zelger eine andere Miene aufgesetzt und damit begonnen, einige Handgriffe zu machen, die dem Jungen überflüssig vorkamen oder die zumindest einen Aufschub geduldet hätten.

Pietro goss sich noch ein Gläschen Likör ein und kippte ihn rasch hinunter.

Es war, als habe nun, nach den letzten Worten, plötzlich keiner der beiden mehr Lust zu reden.

Der Junge schaute aus dem von einem tiefen Rahmen aus dickem Holz eingefassten Fenster. Sie befanden sich in über zweitausend Meter Höhe, und erst jetzt bemerkte er, wie fantastisch die Aussicht von diesem Fleckchen Erde aus war: Man sah die Gipfel des Lagazuoi, des Fanis und der Marmolada, die Civetta und den Monte Pore, den Col di Lana und den Sass Pordoi. Ein überwältigendes Panorama.

Im Haus herrschte weiterhin eine beklemmende Stille. Ein paar Stunden lang machte keiner der drei den Mund auf. Als das Tageslicht allmählich verlosch, begann es aus dem Wolkenschleier, der den ganzen Tag über ihnen gehangen hatte, zu schneien, aber es waren nur vereinzelte Flocken.

»Heute Nacht bleibt ihr hier«, brach Zelger endlich das Schweigen, während er ein großes Stück dunkles Fleisch in einem Topf aufs Feuer stellte. Und in einem

Ton, der keinen Widerspruch duldete, fügte er hinzu: »Und morgen müsst ihr dann selbst sehen, wie ihr zurechtkommt.«

30

Die Schneewolken hatten sich verzogen, der Himmel öffnete sich und zeigte sich in seiner ganzen Weite. Die beiden jungen Wölfe heulten den Mond an, der trügerisch nahe zu sein schien. Pepi ging kurz hinaus, um ihnen etwas zu fressen zu geben. Anschließend servierte er seinen Gästen in der warmen Stube, neben einem Ofen, der bis oben hin mit Glut und Brennholz gefüllt war, das Abendessen: Gamsbraten mit Kartoffeln. Die drei langten ordentlich zu, tranken und wurden wieder gesprächig, vor allem der alte Einsiedler.

»Du weißt, Pietro, ich meine, du solltest diesen Bären in Frieden lassen. Aber wenn du unbedingt dein Leben und das deines Sohnes aufs Spiel setzen willst, dann ist es eben so. Ich werde dich sicher nicht mit der Flinte daran hindern.«

Pietro griff zu einem weiteren Stück von dem Gamsbraten und biss kräftig hinein. Dieses Wildfleisch schmeckte gut, sehr herzhaft, war jedoch so hart und zäh, dass das Kauen schwerfiel.

»Das Tier war wohl schon etwas älter«, entschuldigte sich Zelger, als er sah, wie seine beiden Gäste sich plagten.

»Kein Problem«, sagte Pietro, »verrate mir nur, wo ich diesen verdammten Bären finde«, sagte Pietro.

»Woher soll ich das wissen? Ich bin doch nicht seine Mutter.« Zelger lachte und fluchte.

»Komm schon, mach keine Witze. Wo hast du ihn gesehen, und wo könnte er sich deiner Meinung nach herumtreiben?«

Der Alte spuckte ein Knochenstückchen und ein Schrotkügelchen auf seinen Teller, wischte sich mit einer Hand den schwärzlichen Saft fort, der ihm aus dem Bart tropfte, und sagte: »Du musst wissen, diese Bestie ist imstande, hundert Kilometer am Tag zurückzulegen. Das heißt, sie kann derzeit grade im Pustertal stecken oder im Sarntal, genauso gut aber auch irgendwo auf der Cansiglio-Hochebene oder sogar in Carnia im Friaul.« Es hörte sich an, als wolle Zelger etwas verheimlichen, das er in Wahrheit sehr genau wusste.

»Hm, sieh mir in die Augen, Pepi. Du weißt ganz genau, dass er sich jetzt in unserer Gegend rumtreibt. Seit Monaten wird er laufend hier irgendwo gesichtet.«

Der Alte kaute mühsam auf einem weiteren ledrigen Fleischfetzen herum und antwortete mit vollem Mund: »Ich weiß es wirklich nicht. Wenn ich es aber wäre, der ihm nachstellt, würde ich in Richtung Livinallongo und

Fodòm ins Tal absteigen. Ich hab den Stinker immer da unten herum gesehen, so Richtung Andraz. Und auch die Spuren, die sicher von ihm stammen, scheinen darauf hinzudeuten.«

»Also in der Gegend um Larzonei?«

»Ja, dieses ganze Gebiet. Genauer im *Bosco de la Strìa*, dem Hexenwald. Als ich das letzte Mal dort war, vor ungefähr zwei Wochen, bin ich auf einige Gerippe von Hirschen und Rehen gestoßen, die zu unterschiedlichen Zeiten gerissen wurden. Aber ich schwöre euch, als ich die gesehen habe, sind mir Schauer über den Rücken gelaufen. Und auch Frida und Nuno haben sich dort in dem Gelände alles andere als wohlgefühlt. Versteht ihr, was ich meine?«

Pietro drehte zwei Zigaretten und bot Pepi eine davon an.

»Ist das nicht die Gegend, in der es früher viele Bären gegeben haben soll?«, wagte Domenico zum ersten Mal, sich in das Gespräch einzumischen.

»Woher willst du denn das wissen?«, fragte ihn sein Vater.

»Das hast du mir selbst einmal erzählt, Papà, ist allerdings schon länger her.«

»Das habe ich ganz vergessen.« Pietro stieß eine dicke Rauchwolke aus. »Aber es stimmt. Früher haben die Bewohner von Larzonei und Colcuc eben in dieser Gegend auch Bärenfallen aufgestellt.«

»Wenn ihr von hier aus Richtung Westen absteigt, gelangt ihr in einer Stunde zum vorderen Teil des Waldgebietes. Von dort bis zum eigentlichen Hexenwald sind es dann noch mal so ungefähr zwei Stunden Fußmarsch. Weit ist es also nicht, dafür aber unwegsam und sehr zugewachsen, und man kommt nur schwer hindurch.«

»Wir werden uns morgen Zeit lassen. Wir müssen ausgeruht sein. Außerdem kenne ich mich in der Gegend nicht sonderlich gut aus. Wo wäre denn da eine geeignete Stelle, um unser Lager aufzuschlagen?«, fragte Pietro.

Zelger warf einen Blick auf das Militärzelt, das, zusammengefaltet und -gerollt, aus Pietros großem Rucksack hervorlugte, und sagte: »Wenn du glaubst, ihr könntet dort in diesem Ding schlafen, hast du keine Ahnung, worauf du dich einlässt. Mit einem sanften Tatzenhieb fegt *der* euer Zelt davon, und euch beide gleich mit …«

»Etwas anderes haben wir aber nicht dabei. Wir müssen eben damit vorliebnehmen.«

»Wir werden abwechselnd Wache halten«, warf Domenico ein, aufgeregt und mit dem immer bestimmteren Gefühl, ganz auf der Seite seines Vaters zu stehen.

»Passt auf, dort unten in diesem dichten Wald gibt es eine kleine Lichtung mit einer Holzhütte, die kaum jemand kennt«, sagte Zelger. »Völlig heruntergekommen, aber als Unterschlupf nicht schlecht. Ja, ich würde sogar sagen, dass es für das, was ihr vorhabt, das perfekte Biwak ist. Ein paar Meter entfernt gibt es sogar einen kleinen Wasserlauf, der am Monte Pore entspringt und bis zur alten Strada da la Vena weiterfließt. Hört genau zu, dann erkläre ich euch, wie ihr dorthin findet. Erkennen werdet ihr die Hütte leicht, denn auf der Tür müssten noch meine Initialen zu finden sein: JZ. Wobei das J für Joseph steht. Wenn ihr euch dort auf die Lauer legt, werdet ihr sicher bald Besuch bekommen …«

»Glaubst du wirklich?«

Der Alte lachte über Pietros Frage und antwortete dann: »Lange bevor ihr dort eintrefft, hat der Bär eure Anwesenheit schon mitgekriegt und sich darauf eingestellt, euch zu empfangen. Das heißt, eigentlich lauert er *euch* auf, nicht ihr *ihm*. Er wird euch besuchen und wie zwei Häschen aufscheuchen. Für euch kommt es darauf an, jeden Augenblick damit zu rechnen und euch sofort zu trennen, wenn er sich zeigt. So verhindert ihr, dass er euch beide jagen kann. Er wird sich einen von euch aussuchen und dann angreifen. Wie ein riesiger schwarzer tobender Berg wird er vor euch auftauchen, und wenn er euch in der Dämmerung überfällt, wird es euch schwerfallen, ihn überhaupt zu bemerken und klar zu erkennen. Denn er ist eins mit der Finsternis und erscheint plötzlich aus dem Dunkel, bevor ihr überhaupt wisst, wie euch geschieht. Es sei denn, ihm wäre eher danach, euch offen herauszufordern. In diesem Fall wird er sich mit seinem schauerlichen Schrei bemerkbar machen.«

»Und woher weißt du das alles so genau?«

»Ich weiß es eben.«

Zelger hielt inne und fügte dann hinzu. »Und, habt ihr immer noch vor, ihm nachzustellen?«

»Mehr als je zuvor«, bekräftigte Pietro.

Domenico nickte schüchtern.

31

In der Nacht waren auch die letzten Wolkenstreifen ganz verschwunden, und die dünne Schneeschicht, die am Abend auf den Wiesen liegen geblieben war, schmolz am Morgen des 9. Oktober nach Tagesanbruch rasch dahin.

Während Zelger vor Sonnenaufgang schon auf den Beinen war, um die Ziegen, die Hühner und die Kuh zu füttern, die er in einem kleinen Stall hielt, ließen die beiden Jäger sich Zeit und standen ohne jede Eile auf. Zufrieden merkten sie, dass es wärmer geworden war.

Am Vorabend hatte Pietro seinem Sohn wieder die Wunden versorgt und ihm, bevor sie sich schlafen legten, von der Zeit erzählt, als er zur Welt gekommen war. Domenico hörte das alles zum ersten Mal. Sein

Vater erzählte ihm auch mehr von Claudia, seiner Mutter, und sagte, dass es ihm ohne sie so vorkomme, als könne er vom Himmel nur noch die Hälfte sehen. Danach schlief Domenico tief und fest.

Als er am Morgen erwachte, spürte er an den Füßen keinerlei Schmerzen mehr, höchstens noch ein unangenehmes Gefühl, das leicht zu verdrängen war. Der ausgiebige Schlaf hatte bei beiden die Kräfte wiederhergestellt, in den Beinen, vor allem aber auch in den von den schweren Rücksäcken und Gewehren arg mitgenommenen Schultern. Über die nächtliche Ruhe und Erholung hinaus war es aber noch etwas anderes, das in besonderem Maße Körper und Seele des Jungen kräftigte. Und das war die Beziehung zu seinem Vater, die er jetzt neu erlebte. Es war, als sei seit ihrem Aufbruch von zu Hause etwas Magisches und vollkommen Unerwartetes mit ihnen geschehen: Wie ein Traum kam es Domenico vor, dass er sich auf einem Mal mit seinem Vater unterhalten konnte, der sich bis vor drei Tagen stets unzugänglich, jähzornig und manchmal auch gewalttätig gezeigt hatte.

Es war, als wären sie beide noch einmal zur Welt gekommen, als habe dieses gemeinsame Abenteuer, ein kleines Wunder geschehen lassen. Das Wunder einer Blume nach langem Schnee. Ja, genauso fühlte und sah sich Domenico: wie ein zarter Blütenkelch, der sich nach monatelangen Schneefällen den Sonnenstrahlen öffnet. Und wie wärmten diese väterlichen Strahlen sein Herz!

Sie übten sich wieder im Schießen und wählten als Ziel die hellen Felsblöcke, die vor Zelgers Hütte aus dem Boden hervorragten. Pietro registrierte mit sichtlichem Stolz, wie schnell sein Sohn lernte und wie gut er jetzt schoss. Im Verlauf einer halben Stunde zertrümmerten die Kugeln aus ihren großkalibrigen Gewehren alle Felsblöcke im Umkreis in unzählige Splitter.

Nachdem sie dann in Ruhe gepackt und ein schnelles Frühstück mit Milch, Honig und Eiern eingenommen hatten, waren die beiden Sieffs zum Abmarsch bereit.

32

»Viel Glück!«, rief Zelger und nahm die beiden nacheinander fest in die Arme. »Dreimal Scheiße, und lasst mir eine Zigarette da!«

»Dir auch viel Glück. Du wirst sehen, wir ziehen dem Untier das Fell über die Ohren!«, sagte Pietro und reichte ihm einige Blättchen und eine Handvoll Tabak. Frida und Nuno standen schwanzwedelnd dabei. Er zeigte seinem Sohn die Richtung, die sie einschlagen mussten, und so machten sie sich auf den Weg, hinab zu den Wäldern weiter unten im Tal.

Nach vielleicht zwanzig Metern schaute sich Domenico noch einmal um, strich sich die Haare aus dem Gesicht und sah Pepi Zelger auf dem Boden sitzen und seine Wölfe streicheln. Aus der Distanz sah er wie ein kleiner Junge aus.

Je tiefer sie kamen, desto kräftiger wurde die Sonne, auch wenn der Raureif sich im Schatten der ersten Pinien, die ihren Weg säumten, noch gut gehalten hatte. In der Höhe erblickten sie einen Adler, der über ihren Köpfen weite Kreise zog und dabei Schreie ausstieß, als wolle er sie grüßen.

Sie tauchten in den Wald ein und bewunderten die flammenden Oktoberfarben, die überall hervorleuchteten, unter ihren Füßen, um sie herum und über ihnen. Die hohen Berggipfel, die sie während des Abstiegs gesehen hatten, versanken jetzt mehr und mehr hinter den Baumwipfeln, als würden sie langsam in ein Meer aus gelben und grünen Wellen eintauchen. Domenico fiel Maria ein und auch die Schule, und ihm wurde bewusst, dass er, zur Gänze eingenommen von diesem unglaublichen Abenteuer, schon eine ganze Weile nicht mehr an sie gedacht hatte. Er war erst seit zwei Tagen fort, hatte aber das Gefühl, schon monatelang unterwegs zu sein.

Es war fast Mittag, und die Vögel sangen. Domenico hörte die Rufe eines Kuckucks und eines Eichelhähers heraus, dann auch den eines Buchfinken, der ständig aus anderen Ecken des Waldes zu ihnen drang.

Schweigsam wanderte sein Vater vor ihm her und ließ das trockene Laub unter den Sohlen seiner schweren Bergschuhe rascheln.

Pietro wusste, wo ihr Ziel lag, und marschierte zunächst Richtung Norden, dann nach Nordosten und schließlich in westliche Richtung immer weiter hinunter, bis die Berge um sie herum ganz verschwunden waren und sie in einen dunkleren Wald eintauchten, in dem die Herbstfarben fahler und wie erloschen wirkten. Hier hatten sie keinerlei Orientierungshilfen mehr. Nicht einmal Vögel hörte man noch singen, und selbst die Sonne hatte Mühe, in dieses Geflecht aus knotigen und verwachsenen Stämmen einzudringen. Ein lahmender, ergrauter Fuchs huschte an ihnen vorbei und war im Nu wieder im dichten Buschwerk verschwunden.

Sie blieben stehen. Aus dem Boden um sie herum waren Dutzende mittlerweile fauliger Pilze gesprossen, und einige Tierschädel lagen herum. Domenico merkte, dass die Luft warm war, wärmer als in der Sonne. Er krempelte sich die Ärmel seines Drillichhemdes hoch und schnupperte: Es roch eigenartig, abgestanden, nach Moder und Fäulnis. Zwischen den unzähligen niedrigen, teils verdorrten, ineinandergewachsenen Tannenzweigen spannten sich Spinnweben.

Es war wie ein Wald aus Spinnennetzen. Vater und Sohn schauten sich einige Sekunden lang an.

»Ich denke, hier sind wir richtig, *Menego*. Augen auf: Jetzt wird's spannend.« Es war das erste Mal in zwölf Jahren, dass er ihn bei seinem Kosenamen, einer Ableitung von Domenico, genannt hatte.

33

Sie nahmen die Gewehre zur Hand, sicherten sie und drangen pfeifend und summend, um auf sich aufmerksam zu machen, tiefer in den düsteren Wald ein.

Das Gelände war so abschüssig, feucht und glitschig, als entspränge irgendwo Wasser und verteilte sich auf dem gesamten Waldboden. Mehrmals rutschte Domenico aus und riss sich an Brombeerranken die Hose auf. Auch Pietro hatte Mühe, sich auf diesem glatten Abhang auf den Beinen zu halten, und so hob er einen großen Stock vom Boden auf und benutzte ihn zum einen, um sich, wenn nötig, darauf zu stützen, zum anderen, um ihnen durch das stachelige Gestrüpp einen Weg zu bahnen. Domenico tat es ihm nach, musste sich aber, weil er nichts Besseres fand, mit einem viel kürzeren, krummen Stock zufriedengeben.

»Komm, hier entlang!«, sagte sein Vater keuchend, das Gesicht schweißnass und voller Spinnweben, die ihm vom Filzhut und an den Schultern hinunterhingen, »was soll man von einem Ort, der ›Hexenwald‹ heißt, auch anderes erwarten?«

Nachdem sie eine kleine, vorgelagerte Anhöhe hinter sich gelassen hatten, fanden sie sich erneut in einem Dickicht wieder, das noch verschlungener und verwilderter war als das zuvor.

Beiden schien es kaum möglich, hier noch weiter voranzukommen, doch Pietro erkannte auch, dass sie dem Ort schon recht nahe sein mussten, von dem Zelger erzählt hatte, und die Spuren, die sie zwischen dem Buschwerk und an zwei Bäumen in vielleicht zehn Metern Abstand endeckten, bestätigten es. Am Boden sah man tiefe, breite Abdrücke wie von schweren Tatzen und ebenso einige Schädel und Wirbelknochen großer Säugetiere, wahrscheinlich von Hirschen. Den größten Eindruck aber machte ihnen, was sie an den Baumstämmen entdeckten: Auf mindestens zweieinhalb Metern Höhe hingen dort dicke, gräuliche Büschel Fell, jenen ganz ähnlich, die sie zwei Tage zuvor neben der ausgeweideten Hirschkuh gefunden hatten. Diese Bestie musste wirklich von gigantischer Größe sein.

»Ach du großer Gott, Papà!«, rief Domenico plötzlich.

»Was ist?«

»Da oben!«

Über ihnen, auf einen Ast in mindestens vier Metern Höhe gespießt, hing der zerfetzte Leib eines Rehs. Es war ein schauerlicher Anblick, der eine Vorstellung davon gab, über welche Kräfte *El Diàol* verfügen musste, wenn er ein solch schweres Tier so weit hinaufschleudern konnte.

Pietro verbarg seinen Schrecken, zog nur eine Augenbraue hoch und ging weiter, um so schnell wie möglich ans Ziel zu gelangen.

»Hier sind wir richtig, der Deutsche hatte recht«, sagte er laut, mehr zu sich selbst. »Wenn wir davon ausgehen, dass wir fast zwei Stunden lang abgestiegen sind, die richtige Hangseite hinunter, und dann leicht östlich wieder hinauf, müsste die Hütte hier in unmittelbarer Nähe sein …«

Domenico hatte der Anblick des Rehkadavers einen solchen Schrecken eingejagt, dass er sich zu fragen begann, ob es nicht doch ein Fehler gewesen war, sich auf dieses Abenteuer einzulassen. Zum ersten Mal wurde ihm bewusst, dass sie tatsächlich in Lebensgefahr schwebten.

Kurz darauf nahmen sie jenen entsetzlichen Gestank in der Luft wahr, der ihnen bereits vor zwei Tagen beim Anblick des ersten Hirschkadavers so sehr zugesetzt hatte. Plötzlich breitete er sich im Wald aus, hüllte sie in eine warme, träge Wolke und stach ihnen in die Nase.

»Das ist doch sein Gestank, oder?«, fragte Domenico.

»Ja, aber das muss nicht heißen, dass er in unmittelbarer Nähe ist. Den Gestank kann auch eine Windbö herangetragen haben. Trotzdem weiß der Bär mit Sicherheit schon, dass wir hier sind.«

»Sieh mal dort, Papà!« Domenico zeigte auf etwas, das in einer Reihe dunkler morscher Bäume zu erkennen war.

Vielleicht dreißig Meter von ihnen entfernt öffnete sich eine kleine Lichtung, auf der eine Hütte war. Als sie davorstanden, fielen ihnen sogleich die Kerben in der Tür auf: JZ. Die Hütte war tatsächlich in einem erbarmungswürdigen Zustand: Zwischen den mit Moos und Flechten überzogenen Außenwänden klafften breite Spalten, das Dach war durch eine darauf gestürzte Rottanne teilweise zertrümmert, und einige Bretter auf der Rückseite waren durch wer weiß was für eine Gewalteinwirkung fast ganz heruntergerissen worden.

Sie schalteten die Taschenlampen ein, und vorsichtig, auf alles gefasst, öffneten sie die knarrende Tür. Die Hütte war leer. Sie legten die Rucksäcke und Gewehre ab und machten es sich auf dem Boden bequem, um sich auszuruhen und wieder zu Kräften zu kommen. Sie tranken das restliche Wasser aus den Feldflaschen und füllten sie an dem kleinen Wasserlauf, der hinter der Baracke floss, wieder auf. Sie waren kaum zu Atem gekommen, da brach bereits die Dämmerung herein, wobei die eigentliche Himmelsfärbung verborgen war hinter den Zweigen der Schwarzerlen, der Eiben und Hainbuchen, die sich mit dem Geäst der Ebereschen und Lärchen verwoben, die hier wie überall an den Alpensüdhängen auf dieser Höhe wuchsen.

Als es schon mehr Abend als Tag war, hob überall um sie herum ein Konzert von Käuzchen an. Es waren dermaßen viele, dass man glauben mochte, sie hätten sich zu einem Stelldichein verabredet.

»Komm, richten wir uns ein Lager ein«, sagte Pietro, »im Moment ist es wohl besser, sich in der Hütte aufzuhalten. Wenn du mich fragst, ist *El Diàol* hier ganz in der Nähe.«

Domenico lief ein Schauer über den Rücken. »Woher willst du das wissen, Papà?«

»Mein sechster Sinn. Ich glaube, er ist hier irgendwo. Vielleicht liegt er auf der Lauer und beobachtet uns.«

Sie betraten wieder die Hütte, lösten den Sicherungsmechanismus an den Gewehren, zündeten die Petroleumlampe an und ließen sich davor nieder. Sie aßen geräucherte Forelle. Es war kalt. Domenico begann zu zittern und hätte nicht sagen können, ob vor Angst oder vor Kälte.

Die Rufe der Käuzchen waren inzwischen verstummt, und die Nachtvögel schienen plötzlich verschwunden zu sein. Eine eigenartige, unheimliche Stille herrschte im Wald, eine Stille, wie sie Vater und Sohn noch nie erlebt hatten. Beeindruckend und furchterregend.

»Keine Angst, leg dich ruhig schlafen«, sagte Pietro zu seinem Sohn. »Ich bleibe auf und halte Wache. Und wenn sich diese Ausgeburt der Hölle zeigen sollte, füttere ich sie mit Blei.«

Domenico beugte sich langsam zu ihm vor und drückte sich an ihn.

»Papà«, flüsterte er. »Und wenn … und wenn …« Er brach einen Moment ab, um ihm in die Augen zu schauen. »Und wenn wir sterben müssen?«

Pietro räusperte sich, kratzte sich am Kopf und lachte leise. Dann beteuerte er noch einmal: »Wenn er sich unserem Verschlag nähert, knalle ich ihn ab. Es geht nur darum, den richtigen Augenblick zu erwischen, Menego, und glaub mir, ich werde dieses Tier töten, ganz sicher!«

Dann schwiegen beide. Pietro blieb sitzen, mit dem Rücken gegen die stabilste Wand gelehnt, die diese Hütte hatte, und neben ihm streckte Domenico sich am Boden aus

Immer häufiger drangen nun durch die tiefe Stille eigenartige Tierlaute, die sich wie lang gezogenes Klagen und Stöhnen anhörten und sich minutenlang hinziehen konnten. Waren das Stimmen von *mazaròl* oder *anguàne*, den Kobolden und Berghexen, die gekommen waren, um sie in ihr Reich zu entführen, fragte sich Domenico.

»Bleib ganz ruhig, ganz ruhig …«, flüsterte sein Vater, nahm sein Gewehr fester in die Hand und stand auf, um durch einen Spalt nach draußen zu spähen.

Das matte, diffuse Licht des Mondes, der sich irgendwo versteckte, ließ nicht zu, Genaueres zu erkennen.

Jetzt verstummten die Klagelaute wieder.

Da zerriss ein markerschütternder, bestialischer Schrei die Stille der Nacht. Es war, als habe sich mit lautem Getöse der Schlund zur Hölle geöffnet.

Das konnte nur dieses Untier sein, *El Diàol*, seine grauenerregende, infernalische Stimme. Zum ersten Mal hörten die beiden sie und wussten sofort, dass dieser Bär tatsächlich ein Höllentier war.

Domenico schrie vor Entsetzen. Sein Herz raste, als wollte es zerspringen, und er begann zu beten und flehte zu Gott, dass er ihn aus dieser Lage erlösen möge.

Auch Pietro war von der Wand zurückgeschreckt und blass geworden, was sein Sohn in der dunklen Baracke zum Glück nicht sehen konnte.

»Nimm dein Gewehr!«, sagte er, bemüht, nicht zu laut zu sprechen.

Einige Minuten, die wie Stunden schienen, vergingen, während sie beide, die Gewehre schussbereit angelegt, steif wie Statuen dastanden. Doch nichts geschah, und der Wald versank wieder in Grabesstille.

Eine sanfte Brise erhob sich, die die Baumwipfel rascheln ließ, sie frischte auf und wurde erst zu einem lebhaften Wind, der sich schließlich zu stürmischen Böen steigerte, die aufbrausten und verebbten.

Nachdem sie diesen ungeheuerlichen Schrei gehört hatten, der den Wald hatte erbeben lassen und der ihnen, so schien es, nicht aus den Ohren ging, machten Pietro Sieff und sein Sohn kein Auge mehr zu.

34

Selbst im Tageslicht wirkte der Ort weiterhin düster, und die Stelle, an der die verfallene Hütte stand, lag fast vollständig im Schatten.

Bewaffnet und auf alles gefasst, traten die beiden aus dem Bretterverschlag und lugten ins Freie.

Domenico atmete heftig, und seine Beine waren steif vor Anspannung. Als er das Gesicht seines Vaters sah, wurde ihm klar, dass es sich nicht um einen Albtraum gehandelt hatte.

»Sieh mal hier«, sagte Pietro, während er sich zu einigen zertretenen Grasbüscheln am Boden hinabbeugte, »er ist bis hierhergekommen und hat dann kehrtgemacht. Zehn Meter vor der Hütte ist er stehen geblieben …«

Nervös blickte Domenico sich um, hielt sein Gewehr erhoben vor sich und drehte sich in einem fort nach rechts und links. Unzählige Gedankensplitter schwirrten ihm durch den Kopf, und keinen Augenblick gelang es ihm, sich auf die Worte seines Vaters zu konzentrieren.

» ... und ist dann abgezogen ...« Pietros Gesicht war blass oberhalb seines stacheligen Barts, der von Tag zu Tag länger wurde.

»Das war sein Schrei heute Nacht, nicht wahr, Papà?«

Pietro sah ihn an, mit einer ausdruckslosen Miene, die doch alles sagte.

Er drehte sich eine Zigarette und begann zu rauchen.

35

Sich von der Hütte zu entfernen und umherzustreifen und den Bären zu suchen wäre viel zu gefährlich gewesen. Das Tier kannte diesen Wald sehr genau, seine beiden Jäger aber waren zum ersten Mal hier Daher beschloss Pietro, dass sie in ihrem Unterschlupf auf ihn warten würden.

In dieser Ecke des Gebirges war es ungewöhnlich warm und still. Links und rechts sah man nichts als dunkle Bäume und dorniges Gestrüpp, das der Wind in der Nacht an vielen Stellen zerzaust hatte.

Die Stunden verrannen, und die beiden Jäger hatten sich eingerichtet, hielten die Augen auf und warteten.

»Menego«, sagte Pietro irgendwann, während er damit beschäftigt war, sein Messer mit einem Bimsstein zu schärfen.

»Ja, Papà.«

»Weißt du, was das Wichtigste ist, was mich die Bergwelt in all den Jahren gelehrt hat?«

Domenico schwieg eine Weile, als versuche er, die Antwort zu erraten, und fragte dann: »Nein, was denn?«

Jetzt ließ Pietro sein Messer ruhen, wandte sich zu ihm um und sagte: »Geduld.«

36

»Mach dir klar, dass es bei dieser Jagd keine zweite Chance gibt: Sieg oder Untergang, alles oder nichts«, sagte Pietro mit großer Ruhe und brach damit das Schweigen, das fast den ganzen Morgen über zwischen ihnen geherrscht hatte. Beide saßen auf kleineren Felsblöcken, die sie gesucht und vor der Hütte zurechtgerückt hatten. Der eine schaute nach Westen, der andere Richtung Osten.

Domenico fragte sich, wo die Berge waren. Wo waren bloß die weißen und rosafarbenen Gipfel der Dolomiten, die ihn sonst mit ihrer Kraft und Schönheit stützen? Warum konnte man sie von dieser Stelle aus nicht sehen? Dieser düstere Wald versteckte sie vor ihm, und ohne ihren Anblick fühlte er sich verloren wie eine Piniennadel in einem Ameisenhaufen.

Sie hatten sich einen Kanten Brot geteilt und aßen es mit lange gereiftem *Piave*-Käse.

»Wenn er hier wieder auftaucht, müssen wir bereit sein«, sagte Pietro. »Denn dass er wieder auftaucht, ist sicher. So sicher, wie die Sonne jeden Tag auf- und untergeht.«

37

Obwohl sie die ganze Nacht nicht geschlafen hatten, spürte keiner der beiden Müdigkeit. Sie wollten auch nicht einschlafen. Doch dem Rücken etwas Ruhe zu gönnen, war unbedingt nötig, und so breiteten sie am frühen Nachmittag eine Decke vor der Baracke aus und legten sich abwechselnd darauf nieder.

Ein Schwarm Raben überquerte ein paar Mal den schmalen Streifen Himmel über ihnen, als wollten sie die beiden Eindringlinge auskundschaften.

Domenico hob ein trockenes Birkenblatt vom Boden auf. Da es in diesem Wald keine Birken gab, musste der Wind es hierher getragen haben. Der Junge legte sich das Blatt auf die Handfläche und betrachtete es: Es war vergilbt und hatte gezackte Ränder. Als er es mit der Spitze nach unten drehte, sah es wie ein Tropfen aus. Oder wie ein Herz. Ein gelbes Herz. Er blies es fort und beobachtete, wie es zu Boden segelte. Das Mikroklima in diesem Hexenwald war so mild, dass auf der Lichtung noch Sommerblumen sprossen: Klee, Löwenzahn, Schierling und sogar Bergnelken.

»Den wievielten haben wir heute, Papà?«

»Den zehnten, glaube ich.«

»Weißt du, Papà, mir kommt es so vor, als seien wir schon ein Leben lang von zu Hause fort …«

38

Ein verdächtiges Geräusch ließ sie hochschrecken.

Es kam aus dem Dickicht hinter der Bretterhütte. Sie sprangen auf, richteten die Gewehre auf diese Stelle und schlichen langsam heran, der eine im Bogen von rechts, der andere von links, um auf diese Weise, falls nötig, das Ziel, so wie vorher mehrmals abgesprochen, von zwei verschiedenen Punkten aus unter Beschuss zu nehmen.

Domenico strich sich die Haare aus der Stirn und schaute zu seinem Vater hinüber, dessen harte Muskeln am ganzen Leib angespannt waren. Im Vergleich zu ihm kam er sich tollpatschig vor, doch auch wenn sein Herz bis zum Hals schlug, fühlte er sich in diesem Moment zu allem bereit: Er würde um sein Leben kämpfen, sobald er tatsächlich dem schrecklichen *Diàol* gegenüberstand.

Aber nichts geschah.

Da war keine Spur von einem Bären.

Dann wieder dieses Geräusch von knackenden Zweigen, das in der Stille rings umher noch viel lauter klang, als es tatsächlich war.

Und schon krabbelten aus dem Gebüsch zwei Dachse hervor, die sich seelenruhig und neugierig umblickten, als wenn nichts wäre. Wahrscheinlich hatten sie die Absicht, sich hier eine Höhle für den Winterschlaf herzurichten, der sie in Kürze erwartete.

Vater und Sohn stießen einen Seufzer der Erleichterung aus und ließen die Gewehrläufe sinken.

»Falscher Alarm!«, rief Domenico, während ihm das Blut immer noch in den Schläfen pochte.

»Verdammte Dachse«, fluchte Pietro und spuckte auf den Boden.

39

»Und wenn er gar nicht wiederkommt, Papà?«

»Der kommt wieder. Erinnere dich, was der alte Zelger gesagt hat. Gestern wollte sich der Bär nur vergewissern, dass wir wirklich da sind. Nach dem, was ich im Dorf gehört habe, ist diese Bestie noch schlauer als der Teufel selbst. Die will mit uns spielen, wie die Katz mit der Maus. Die lässt uns hier warten und streift um uns herum, vielleicht beobachtet sie uns jetzt gerade und leckt sich schon das Maul. Nein, der Bär kommt zurück.«

40

Es wurde langsam dunkel, und mittlerweile hatte sich die Luft stark abgekühlt. An dem schmalen Himmelsausschnitt, den sie sehen konnten, erschienen die ersten beiden Sterne.

Vater und Sohn hoben den Blick und betrachteten sie im selben Moment.

Das könnten wir beide sein, Papà, dachte Domenico, im Nichts verloren.

Während sie so dastanden, mit den Köpfen im Nacken, sahen sie eine Sternschnuppe durchs dunkle Blau des Himmels gleiten.

»Schnell, wünsch dir etwas, Papà.«

»Ich glaube nicht an diesen Unsinn.«

»Tu's trotzdem, komm!«

41

»Ich hab dich lieb, Menego.«

42

Kaum hatte Pietro diese Worte ausgesprochen, nahmen sie einen entsetzlichen Geruch wahr. Einen pestartigen, bestialischen Gestank, der sich in wenigen Augenblicken in der Luft um sie herum verbreitete. Die beiden waren sofort hellwach und griffen zu den Gewehren.

Dann folgte ein Schrei, der sie wie ein schneidender Wind erfasste und von den Bäumen ringsum widerhallte. Es war eben jener fürchterliche Schrei, den sie auch in der Nacht vernommen hatten.

Wie Heuschrecken fuhren sie hoch und drehten sich in die Richtung, aus der der Schrei gekommen war.

Und endlich sahen sie es, in Richtung Westen, in vielleicht fünfzig Metern Entfernung: Ein gigantisches, monströses Wesen, das auf den Hinterbeinen stand und sich so in seiner ganzen imposanten, kraftstrotzenden Gestalt präsentierte. Seine Augen waren wie Feuerkugeln, sein Fell war dicht und borstig und hatte einen grauen Streifen, der sich über den Widerrist zog.

Aus seinem aufgerissenen Maul ragten lange, scharfe Reißzähne hervor, und seine Schnauze war voll von schaumigem Schleim, der ihm auf den mit Narben übersäten Brustkorb lief. Um seinen massigen Leib herum schwirrten dichte Schwärme von großen und kleinen Insekten. Vater und Sohn nahmen allen Mut zusammen und rückten langsam auseinander, wie sie es abgesprochen hatten.

Noch einmal stieß *El Diàol* einen gellenden Schrei aus, der jetzt noch lauter klang, wie ein furchterregender Schlachtruf, dann riss er sein Maul weiter auf, hob die Vorderbeine noch höher und zeigte seine entsetzlichen Krallen, die sicher so lang wie Domenicos Hand waren.

»Jetzt ist es so weit, Menego, jetzt ist es so weit. Denk dran, nicht auf die Kraft kommt es an, sondern auf den Mut. Wer mutiger ist, gewinnt! Schieß erst, wenn er sehr nahe ist, und ziel auf seine Schnauze.«

Domenico spürte, wie seine Beine zitterten, und glaubte vor Angst zu sterben.

Die beiden waren jetzt vielleicht zehn Meter voneinander entfernt, hochkonzentriert, bereit, sofort zu feuern.

Pietro kauerte sich nieder, Domenico tat es ihm nach und legte sich bäuchlings zu Boden.

»Du Bastard!«, rief Pietro. »Komm mich doch holen, du Hurensohn.«

In diesem Augenblick ließ sich der Bär nach vorne fallen, brach krachend ein Bäumchen entzwei, das ihm im Weg war, und ging, kehlige Schreie ausstoßend, zum Angriff über.

43

Wie besessen rannte die Bestie auf sie zu, und je näher sie kam, desto heftiger pochte Domenicos Herz. Es schlug wie eine Trommel und schien ihm den Brustkorb zu sprengen, die Kehle, aus seinen Augenhöhlen zu drängen.

Immer näher kam der Bär, wurde größer und größer. Domenico aber lag da und rührte sich nicht, hielt den Atem an, um genau zu zielen, wie sein Vater es ihm beigebracht hatte. Seine Beine waren taub und seine Hände schweißnass und kalt wie Eis. Und das Springfield-M1903-Gewehr wog so schwer in seinen Händen, dass er das Gefühl hatte, es gar nicht richtig bewegen zu können.

Nur noch wenige Augenblicke, dann würde sich der Bär auf einen von ihnen beiden stürzen. Entweder auf seinen Vater oder auf ihn selbst, doch Domenico wusste, dass er so oder so entschlossen handeln musste, selbstsicher, mutig. Was auch geschehen würde, dieser Tag war der wichtigste seines Lebens, vielleicht auch sein letzter.

Ungefähr zwanzig Meter war *El Diàol* noch entfernt, da beschloss er, ganz eindeutig, auf den Jungen zuzuhalten und Pietro links liegen zu lassen. Aus den Augenwinkeln blickte Domenico zu seinem Vater hinüber, der in einer seltsamen Haltung auf dem Boden kauerte. Unterdessen hetzte der Bär wie eine Furie auf ihn zu, ein gigantischer Leib mit blutunterlaufenen Augen. Schaumiger Geifer rann über sein Fell.

Pietro feuerte nicht, und Domenico war mittlerweile in eine Art Trance geraten.

Ich darf nicht danebenschießen! Ich darf nicht danebenschießen!, dachte er.

Der Bär war jetzt nur noch wenige Meter von ihm entfernt und würde sich gleich auf ihn stürzen.

Die Worte seines Vaters hallten durch seinen Kopf: »Wer mehr Mut hat, der gewinnt. Und ziele auf seine Schnauze, direkt auf die Nase.«

Bruchteile einer Sekunde, die wie eine Ewigkeit schienen.

Sein ganzes Leben zog an seinem geistigen Auge vorüber: seine Mutter, ihre Stimme, ihr Gesicht, ihr Geruch, und dann ihr Dorf, Posalz, wo er geboren und aufgewachsen war, und die Kirche von Colle Santa Lucia, schön wie nie zuvor auf ihrer Anhöhe, und der herrliche Monte Pelmo und die Civetta, Tante Adele, ihre leckeren Krapfen und die liebe, gute Isotta, die wunderschöne, unerreichbare Maria, ihre Lippen, ihre

Haare, das Forellenangeln am Fluss, die Sommer auf der Alm, der leise Schnee, der die Winter dämpfte, sein Traum, einmal Venedig zu sehen …

Er verstand gar nichts mehr, hatte das Gefühl, dass in seinem Kopf ein einziges großes Durcheinander herrschte, und dazwischen meinte er die Stimme seines Vaters zu hören, der laut »Schieß! Schieß! Schieß!« rief, aber sicher war er sich nicht.

Es blieb keine Zeit mehr. *El Diàol* setzte zum Sprung an, als Domenico endlich die Augen schloss und, PAM! PAM!, zwei Schüsse abgab. Dann nichts mehr. Nur noch Schwarz.

44

Das Getöse der donnernden Schläge ließ den Himmel und die Bäume ringsum erbeben. Domenico war wie betäubt. Er sah und begriff nichts mehr. Er fühlte sich, als wäre er mit einem Male erblindet, seiner Atemluft beraubt. Das Schicksal schien ihn unabänderlich ins Jenseits geschleudert zu haben. Doch in Wirklichkeit spürte er noch nicht einmal das. Er trieb im Nichts dahin. In einer Empfindung, die nicht mehr zu den menschlichen zählte.

Dabei kam es ihm so vor, als würde er das Dunkel in seinem Innern und außerhalb seiner selbst, nicht *sehen*, sondern spüren, wie das seltsame Kribbeln, das mehr und mehr seinen ganzen Körper ergriff.

Inzwischen war das Echo der Schüsse verhallt.

Nach und nach wurden neue Empfindungen in ihm wach. Als Erstes spürte Domenico einen bitteren Geschmack im Mund, wie von Erde und Gras. Seine Finger berührten etwas Festes. Es war still. Nur ein beharrliches Summen drang an seine Ohren. Und dann ein Röcheln von weiter entfernt, das immer schwächer wurde, bis es ganz erstarb.

Hier und da begannen ein paar Vögel wieder zu zwitschern. Und ein Hauch von Klarheit durchdrang ihn, ergriff Körper und Geist.

Die Augen weiterhin geschlossen, begann Domenico zu denken. Als Erstes dachte er, dass er tot sei.

Er hatte Angst, dies klar zu erkennen, und wollte lieber so liegen bleiben, am Boden, mit dem Gesicht im Gras.

Noch wusste er nicht, was geschehen war und wie das, was geschehen sein musste, ausgegangen war.

Plötzlich war er sich sicher, dass er gerade aus einem Albtraum erwacht war.

Es ist gar nichts passiert, ich habe das alles nur geträumt: Das Abenteuer mit meinem Vater, die schweren Militärgewehre, die Berghütte meiner Eltern, Zelger, der Hexenwald und vor allem El Diàol, *dieser verdammte Teufelsbär. Das war alles nur ein Traum.*

Er beschloss, sich zu erheben, und erwartete, sich in seinem Bett wiederzufinden, unter der dicken Decke. Er würde sich anziehen, kurz frühstücken, in die Schule fahren und sich dort, wie angekündigt, von der Lehrerin in Erdkunde abhören lassen. Bevor er die Augen öffnete, zählte er langsam bis drei.

Er schlug sie auf. Sah das Gewehr in seiner Hand. Er bemerkte, dass er bäuchlings auf dieser kleinen Grasfläche vor der verfallenen Hütte lag. Ein starker Geruch nach verdreckter Kleidung und ein fauliger Fleischgestank zogen ihm in die Nase. Vor seinen Augen, in zwei Metern Entfernung, war der leblose Körper des Bären, sein gigantischer Kopf zerrissen von der Gewalt zweier Projektile vom Kaliber 12. Ein Schwarm Fliegen umschwirrte ihn.

Langsam richtete Domenico sich auf, tastete seine Beine, sein Gesicht ab und stellte fest, dass er völlig unverletzt war. Mit ungläubiger Miene betrachtete er den Leib der Bestie. Langsam, ganz vorsichtig, das Gewehr auf den Bären gerichtet, bewegte er sich darauf zu. *El Diàol* reagierte nicht. Ein kurzer Tritt in die Seite. Keine Reaktion. Ein weiterer Tritt. Nichts.

Als er begriff, dass er tatsächlich dieses Ungeheuer getötet hatte, schossen ihm die Tränen in die Augen, und jubelnd rief er hinauf zum Himmel: »Hurra! Verdammt noch mal! Wir haben ihn! Wir haben ihn, Papà. Wir haben diesen Scheiß-Bastard erledigt!«

Vor Freude brüllend, drehte er sich zu seinem Vater um und sah ihn immer noch am Boden. Er warf das Gewehr ins Gras, lief zu ihm und schrie: »Papà, Papà, wir haben es geschafft! Stell dir vor, wir haben diese Bestie tatsächlich erledigt! Komm, steh auf, umarme mich, Papà!«

Doch sein Vater antwortete nicht.

Während Domenico die Freudentränen über die Wangen liefen, warf er sich auf ihn, umarmte ihn, streichelte seinen Kopf.

Aber Pietro bewegte sich keinen Millimeter. »Ich hab dich lieb, Papà. Schau doch, was wir geschafft haben, wir beide zusammen, ich und du«, schluchzte er. »Ich und du! Ich und du!«

Nichts. Domenico starrte auf das Drillinggewehr, das neben seinem Vater lag, er schien keinen Schuss damit abgefeuert zu haben.

Er sprach ihn noch einmal an, rief nach ihm und drehte dann sanft seinen Kopf.

Sein Vater hatte die Augen weit aufgerissen und atmete nicht mehr.

45

Pietro Sieff war tot.

46

Er war gestorben, ohne einen Schuss abgegeben zu haben. Als er gesehen hatte, wie dieser riesengroße, wütende Bär einer Furie gleich auf sie zuraste und dann beschloss, sich nicht auf ihn, sondern auf seinen Sohn zu stürzen, hatte sein Herz nicht mehr mitgemacht. Er hatte das Unheil noch verhindern und den Bären niederschießen wollen, es aber nicht mehr geschafft, den Abzug zu betätigen, die Waffe war aus seiner Hand geglitten und er selbst starb am Boden.

Unterdessen hatte der Tag begonnen der Nacht zu weichen, bald würde der Wald in Finsternis versinken. Einige Käuzchen riefen schon aus dem Dickicht des Gehölzes. Aus Domenicos Freudentränen wurden Tränen der Wut, dann des Schmerzes und schließlich der Verzweiflung. Ein herzzerreißender Schrei erhob sich zum Himmel, um die Sterne zu fragen, ob das wirklich wahr sein konnte: wahr, dass er jetzt allein dastand, wahr, dass er den einzigen Menschen, an dem er wirklich hing, verloren hatte, wahr, dass ein ungnädiges Schicksal ihm diesen Menschen gerade in dem Moment entriss, als er zu lernen begonnen hatte, ihn zu lieben. Er spürte, wie sich eine Eiseskälte über die Erde legte, und das Blut in seinen Adern erstarrte, als habe man ihn im Firn des Marmolada-Berges lebendig begraben.

Auch als der Mond aufging und der Himmel schwarz wurde, rührte Domenico sich nicht vom Fleck und blieb die ganze Nacht über in der Kälte neben dem toten Körper seines Vaters sitzen.

47

Als der Morgen graute, waren plötzlich Frida und Nuno da. Nachdem sie Witterung aufgenommen und das Fleisch des toten Bären gerochen hatten, waren die Wölfe das letzte Stück wie der Wind durch den Wald geschossen. Sie heulten erregt, als sie die Hütte erreichten.

Kurz darauf erschien Pepi Zelger hinter ihnen. Er war in einen dicken Mantel gehüllt und rang nach Luft, während sich der Atem vor seinem Mund zu Wölkchen verdichtete. Er zog einen Holzschlitten hinter sich her, auf dem ein Gewehr und verschiedene Gerätschaften festgezurrt waren, darunter Schaufeln und eine Kiste, in der eine Zange und Karabinerhaken, Hammer und Nägel lagen.

»Hallo, Freunde, ich bin's!«, rief er laut.

Doch als er auf der kleinen Lichtung eintraf und die beiden genauer sah, ließ er den Schlitten los und begann zu laufen.

»Pietro!«, rief er, während er auf den am Boden liegenden Freund zu hastete. »Pietro!«

Domenico bemerkte ihn nicht. Wie versteinert saß er da, bleich und halb verdurstet, während der alte Einsiedler schrie und die jungen Wölfe wie toll herumsprangen. Erregt umkreisten sie den plumpen Kadaver des toten Bären, bellten Zähne fletschend und traktierten ihn mit kleinen Bissen.

»Schluss jetzt!«, herrschte Zelger sie an, indem er einen Stock schwang. »Weg da! Weg von dem Bären! Verdammte Scheiße!«, fluchte er.

Da begannen die Wölfe zu winseln und ließen sich ein paar Meter entfernt nieder und zogen den Schwanz zwischen die Beine.

Zelger wandte sich wieder seinem Freund zu und begriff sogleich, dass er tot war. Dann drehte er sich zu Domenico um und erkannte, dass auch für den Jungen bald die letzte Stunde schlagen konnte: Er war halb erfroren, wurde von Krämpfen geschüttelt, und sein Blick verlor sich im Leeren. Der alte Mann nahm ihn in die Arme und wickelte ihn in eine warme Decke.

»Halt durch, mein Junge«, flüsterte er mit einer Stimme, die vor Ergriffenheit halb erstickt war, »du musst noch etwas zu Ende bringen.«

Aus seinem Rucksack holte er eine Flasche Kräuterlikör hervor, setzte sie Domenico an die Lippen und ließ ihn trinken. Erst dann rieb er ihm kräftig die Glieder, suchte trockenes Holz zusammen und machte ein Feuer.

Als die Flammen vor ihnen aufloderten und es laut zu knistern begann, war es fast acht Uhr am Morgen. Allmählich kam Domenico zu sich. Er sah Pepi neben sich und dann die Leiche seines Vaters unter einer großen Decke am Boden. Sofort schossen ihm wieder die Tränen in die Augen, und der Alte nahm ihn in den Arm.

»Ich hab gespürt, dass es nicht gut gehen würde ...«, sagte Zelger leise. »Eine Art Vorahnung. Deswegen habe ich doch versucht, euch von dem Plan abzubringen. Es hat mir keine Ruhe gelassen, und so habe ich heute Nacht beschlossen, nach euch zu suchen. Aber niemals hätte ich gedacht, dass Pietro etwas zustoßen könnte. Ich war in Sorge um dich, mein Junge.«

48

Nein, er wolle seinen Vater nicht ins Dorf zurückbringen, stammelte Domenico. Er solle dort begraben werden, wo er am liebsten gewesen sei, in der Natur, in seinen geliebten Bergen.

Er konnte kaum die Zunge bewegen, und alles erschien ihm finster und in Kälte erstarrt, als wäre die Zeit stehen geblieben und die Wirklichkeit einem Albtraum gewichen.

Zelger wusste noch nicht genau, was mit dem Bären geschehen solle. Er schnürte *El Diaòls* Tatzen mit einem dicken Hanfseil zusammen und wickelte ihn in eine Plane aus Wachstuch. Er packte ihn gut darin ein, um zu verhindern, dass Insekten, Parasiten oder anderes Getier ihn vorzeitig entfleischten. Dann schleifte er ihn mühsam, auch mit Hilfe der Wölfe, in die Baracke und schloss ihn darin ein, nagelte einige Bretter vor die Tür und vor die breitesten Löcher und Spalten, die an den Seitenwänden klafften.

Vielleicht drei Dutzend Krähen kreisten über ihnen wie eine große dunkle Wolke und ließen sich nach und nach auf der Lichtung nieder, als erwarteten sie, dort etwas zu fressen zu finden. Zelger befahl seinen Wölfen, sie zu verjagen, und im Nu flogen die Vögel auf und stoben ängstlich krächzend davon.

Dann beugte er sich über seinen toten Freund. »Wir bringen ihn zu seiner Berghütte. Es wäre ihm sicher recht, dort die ewige Ruhe zu finden«, sagte er zu Domenico gewandt.

»Ja, das passt zu ihm«, murmelte der Junge.

»Dann lass uns gehen.«

Gemeinsam betteten sie Pietros Leichnam auf den Schlitten und packten seinen Rucksack und sein Gewehr obenauf. Zelger spannte die Wölfe vor das Gefährt, das sie durch den Wald ziehen sollten. Schließlich sammelten sie alle Gerätschaften ein, verfluchten diesen finsteren unheimlichen Ort und brachen zu Pietros geliebter Berghütte auf.

49

Als sie die Hütte erreichten, in der Vater und Sohn sich drei Tage zuvor auf das Abenteuer vorbereitet hatten, nahmen sie zwei Schaufeln zur Hand und fingen an, eine Grube auszuheben. Sie arbeiteten ohne Pause und ohne ein Wort zu wechseln.

Domenico war so erschüttert, dass er kaum noch wusste, was er tat. Je mehr Zeit verstrich, desto stärker handelte er, ohne sich dessen bewusst zu sein. Er bewegte sich so mechanisch, als gehe ihn all das überhaupt nichts an. Dass er atmete, war reiner Selbsterhaltungstrieb. Doch so sehr er auch litt, hatte er im Grunde noch gar nicht begriffen, was ihm wirklich zugestoßen war.

Zelger grub trotz seines hohen Alters ausdauernd, und erst als das Loch tief genug war, hielt er inne, wischte sich den Schweiß von der Stirn, holte Luft und sagte: »So, das reicht.«

Zum letzten Mal umarmte Domenico seinen Vater, nahm ihm den Filzhut ab, den er noch auf dem Kopf hatte, blickte sich um und sagte unter Tränen: »Schau mal, Papà, wohin wir dich gebracht haben. Ich hab dich lieb.«

Sie hoben ihn vom Schlitten und legten ihn vorsichtig in sein Grab, während eine Nachtigall in dem Geäst einer nahen Weißtanne das Requiem für ihn sang.

»Ich werde diesen verfluchten Bären ins Dorf schaffen, Papà. Und Mario Crepaz wird seine Schuld begleichen. Das verspreche ich dir!«

»Ruhe in Frieden, mein Freund«, sagte Zelger.

Sie warfen die beiden Gewehre in die Grube, schaufelten das Grab mit frischer Erde zu und setzten schließlich auf den Erdhügel ein Holzkreuz, in das sie die Inschrift ritzten:

PIETRO SIEFF
GEB. 24/07/1918 – GEST. 10/10/1963

Keiner der beiden betete.

Dann legte der Alte Domenico den Arm um die Schulter und sagte zu ihm: »Nun kommt es auf dich an, mein Junge.«

Domenico wandte den Blick nicht vom Grab seines Vaters ab und schwieg.

»Ihr habt die Wette gewonnen, und du musst dir das ausgesetzte Geld auch wirklich geben lassen. Das ist jetzt deine Aufgabe! Verstehst du?«

Der Junge nickte.

»Hast du das auch wirklich verstanden?«

»Ja.«

»Gut. Dann kehren wir jetzt zur Baracke zurück und holen den Bären. Und unterwegs erkläre ich dir ein paar Dinge.«

50

Sie rasteten an einem Bach, wo die Wölfe trinken konnten.

Zelger stärkte sich mit etwas Proviant, aber Domenico hatte keinen Appetit. Zelger trank, Domenico nicht. Der Alte sagte, dass man seinem Schicksal nicht entfliehen könne, und Domenico dachte, wie hinterhältig das Leben doch war. Zelger erzählte dies und jenes und versuchte, ihn abzulenken, doch Domenico hörte kaum zu und schwieg.

Sie setzten ihren Weg fort, hinab durch die dichten finsteren Wälder. An diesem Tag zeigte die Sonne noch einmal ihre Kraft, und die Herbstfarben schienen besonders intensiv zu leuchten. All die Farbtöne von Rot, Gelb und Orange hüllten den Wald rings umher in ein prächtiges Farbenfeuer.

Als wolle sich die Natur in ihrem schönsten Gewand von ihm verabschieden, dachte Domenico, während sein erloschener Blick sich auf die geliebten Gipfel richtete, die sich schneebedeckt am Horizont abzeichneten. Aber er nahm sie kaum wahr, sondern hatte das seltsame Gefühl, völlig abgetrennt von der Natur, unter einer Glasglocke eingeschlossen zu stecken, einer Glocke, unter der sich all seine Empfindungen in einem großen dunklen Fleck aufgelöst hatten.

»Die Leute unten im Dorf haben deinen Vater nie gemocht. Und weißt du auch, wieso?«, fragte Zelger irgendwann.

Überrascht drehte sich Domenico zu ihm um.

»Weil dein Vater nicht in Colle Santa Lucia geboren war. Das war alles?, wirst du sagen. Ja, das war alles. Als er damals beschloss, aus Liebe zu deiner Mutter in diesen Ort zu ziehen, haben sie ihn von Anfang an wie jemanden behandelt, der nicht dazugehört, dem man nicht vertrauen kann, wie einen Taugenichts. Und du weißt ja, wie dein Vater war, ein harter Knochen, und daher hat er auch nie versucht, sich bei den Einheimischen beliebt zu machen. Ganz im Gegenteil, je mehr sie ihn ausschlossen, desto abweisender wurde auch er. So wurde das Verhältnis immer schlechter, bis zum Tod deiner Mutter, an dem man ihm ungerechterweise die Schuld gab. Sie warfen ihm vor, nicht rechtzeitig Hilfe geholt zu haben. Dabei hatte er alles getan, um sie zu retten und verzweifelt versucht, sie unter dem Heuwagen hervorzuziehen, der während der Ernte auf dem Feld umgekippt war. Weißt du, wie sie ihn danach im Dorf nur noch genannt haben?«

Domenico sagte nichts.

»Den Schandkerl.«

Schweigend wanderten sie weiter.

»Jetzt verstehst du, warum dein Vater die Leute im Wirtshaus zu dieser Wette um das Bärenfell herausgefordert hat, nicht wahr? Er hat das nicht nur wegen des Geldes getan.«

Zelger blieb einen Moment stehen, während die Wölfe weiter aufgeregt im Unterholz hin und her hetzten und links und rechts alle möglichen Vögel fluchtartig aufflattern ließen.

»Hör mir gut zu, mein Junge. Ich habe beschlossen, dich bis nach Posalz zu begleiten, denn ich glaube nicht, dass du es allein schaffen würdest, den Schlitten mit einem solchen Gewicht so weit über Stock und Stein zu ziehen. Ich gehe bis dorthin mit, dann musst du allein zurechtkommen.«

Sie erreichten die Baracke, in der sie *El Diàols* Kadaver abgelegt hatten, luden ihn unter großen Schwierigkeiten auf den Schlitten und machten sich wieder auf den Weg.

»Komm, dort lang, wir steigen Richtung Larzonei ab und folgen dann der alten Strada da la Vena, die von Brixen bis Colle führt.«

51

Der Hang war so abschüssig, dass sie beide, um ein Kippen des Schlittens zu verhindern, mehrere Male zu Fall kamen und über trockenes Laub und zwischen dornigem Gestrüpp ein Stück den Berg hinunterpurzelten.

Domenico wusste genau, dass er es ohne die Hilfe von Zelger und seinen starken Wölfen niemals geschafft hätte. Verblüfft beobachtete er die Zähigkeit, Willenskraft und Beharrlichkeit dieses Mannes, der in seinem Alter auch in aller Ruhe vor dem knisternden Ofen hätte sitzen und Tierfigürchen schnitzen können, es aber vorzog, sich die Ellbogen und Knie aufzuschlagen und blaue Flecke zu holen, um ihm bei einer Sache zur Seite zu stehen, die ihm im Grunde doch gleichgültig sein konnte.

Nachdem sie eine Stunde unterwegs waren, stießen sie endlich auf den alten ›Erzaderweg‹ Strada da la Vena, während sie auf der gegenüberliegenden Talseite den Kirchturm und die Häuschen von Larzonei erblickten. Vorsichtig lenkten sie den Schlitten um die Kurve und schafften es, ihn auf den Pfad zu manövrieren, ohne dass die plumpe Last hinunterfiel. Domenico war erschöpft, schien aber den kritischsten Moment überwunden zu haben, denn sein Gesicht hatte wieder etwas Farbe angenommen. Sie setzten sich nieder, um ein wenig zu rasten, tranken etwas aus Zelgers Feldflasche und aßen Hirschsalami. Domenico hob den Blick, und zum ersten Mal, seit sein Vater tot war, kam es ihm so vor, als zeige sich der Himmel wieder in seinem tiefen Blau. Die Sonne stand hoch, und vor ihnen ragten wie prächtige Monumente der Sass Pordoi, der Marmolada und der Col di Lana auf, grün mit Gipfeln, die wie weiß lackierte Fingernägel aussahen.

Aber immer noch war ihm, als seien all seine Gedanken erloschen, als bewegten sich seine Arme und Beine automatisch, ohne seinen Willen und ohne ein bestimmtes Ziel.

Ach, ihr Berge, warum habt ihr mir das angetan?

Wenige Minuten später brachen sie wieder auf, und während Frida und Nuno, ohne auch nur einmal Klagelaute von sich zu geben oder sich gar zu widersetzen, den Schlitten zogen, erzählte Zelger ihm von seinem Leben: Wie er dazu gekommen war, seinen Heimatort zu verlassen, wo alles so eng und überordentlich gewesen war, was ihn nach Colle Sante Lucia verschlagen und warum er beschlossen hatte, hoch hinauf in die Berge zu ziehen und dort allein in der Abgeschiedenheit bis zum Ende seiner Tage zu leben.

»Die Menschen sind überall gleich. In jedem Winkel der Berge, in jedem Winkel der Welt«, sagte er, beinahe so, als spreche er zu sich selbst.

52

Bald erreichten sie Colcuc, wo sie von ein paar Kindern beobachtet wurden, die sogleich nach Hause liefen, um die Neuigkeit zu erzählen.

Nach Colcuc durchquerten sie den kleinen Ort Canazei. Von dort sah man schon weiter unten im Tal die Kirche von Colle Santa Lucia, und sie blieben einen Moment stehen, um sie zu betrachten. Schließlich erreichten sie Ru und Costalta. In allen Dörfern wurden sie ebenso neugierig wie misstrauisch beäugt. Die Frauen flüsterten miteinander hinter vorgehaltener Hand: Fast alle erkannten den jungen Sieff und sahen ihm irritiert nach. Wohin sie auch kamen, im Nu wurden sie von Scharen von Kindern umringt, die wie Eichhörnchen um das seltsame Gespann sprangen und dabei riefen: »Das ist der Bär! Das ist der Bär. Sie haben *El Diàol* getötet.«

Pepi und Domenico gaben nichts darauf und zogen unbeirrt weiter, bis sie endlich Posalz erreichten.

Dem Jungen kam es so vor, als habe er sein Heimatdorf schon ein Leben lang nicht mehr gesehen, und nach dem, was ihm zugestoßen war und wie sich sein Leben in nur vier Tagen gewandelt hatte, stimmte das in gewisser Weise auch.

Sie waren müde, entkräftet, und ihre Kleidung war zerrissen und voller Schmutz. Auf der Piazza angekommen, hielten sie abwechselnd den Mund unter den erfrischenden Wasserstrahl des kleinen Brunnens. Als sie den Blick hoben, sahen sie sich von Dutzenden von Menschen umringt, tuschelnden Frauen und über die Maßen aufgedrehten Kindern. Maria war nicht darunter.

»Menego!«, hörte man jemanden von weiter hinten rufen.

»Zur Seite, Frauen! Lasst mich durch! Menego!«

Es war Tante Adele, die außer Atem auf ihn zu eilte, mit einem Tuch über den Schultern. Ihre Holzschuhe klapperten laut über das Pflaster.

»Menego!«, wiederholte sie, während sie ihn in den Arm nahm und mit besorgter Miene betrachtete.

»Heilige Madonna, wie siehst du bloß aus?« Fragend schaute sie sich um. »Wo ist Pietro?«

»Sein Vater ist in den Bergen geblieben«, kam Zelger, ohne sich umzudrehen und die Frau anzusehen, rasch einer Antwort des Jungen zuvor. Tante Adele schaute den bärtigen Alten mit einem beunruhigten Blick an, der etwas verbarg, als würden die beiden sich bereits von früher kennen.

»Stimmt das, Menego?«, fragte sie zweifelnd, unter dem Raunen der Frauen in ihrem Rücken. »Ist das wahr? Und warum ist er noch geblieben?«

Domenico nickte nur.

»Ach, dieser dickköpfige Esel«, murmelte die Alte. »Und was habt ihr da auf dem Schlitten? Ihr werdet doch wohl nicht …«

»Doch«, antwortete der Junge. »Darunter liegt *El Diàol*!«

»Heilige Drei Könige!«, rief die Tante, indem sie den Kopf in die Hände nahm.

Wieder durchlief ein Raunen die Menge, manche schrien laut auf, andere begannen zu jubeln.

»Komm, lass uns reingehen. Du siehst ja ganz erledigt aus«, sagte die Tante und hob die Hand, um ihnen einen Weg durch die Mauer der erregten Schaulustigen zu bahnen.

Zelger begleitete Domenico zu Pietro Sieffs Haus, wo sie das schwere Bündel mit dem Bären vom Schlitten auf den Karren umluden, der bei Isotta in dem kleinen Stall stand. »Ich hab dich vermisst, meine Gute«, flüsterte Domenico der Kuh ins Ohr und streichelte sie.

Als sie wieder ins Freie traten, sahen sie, dass die Leute immer noch zusammenstanden und jetzt vor dem Haus auf sie warteten, neugieriger und aufdringlicher als zuvor. Inzwischen waren sogar viele Frauen aus Colle Sante Lucia hinaufgekommen. Maria war nicht unter ihnen.

Angesichts der vielen Menschen wurden Frida und Nuno immer nervöser und begannen unruhig zu heulen. Zelger rief sie mit strenger Stimme zu sich, trat auf Domenico zu und nahm ihn in seine Arme. »Ich muss los, mein Junge. Aber hör mir zu: Ich bin zwar alt und werde vielleicht nicht mehr lange leben, aber wenn du mich brauchst, weißt du immer, wo du mich finden kannst.«

Er wandte sich ab, spannte die Wölfe ein und machte sich eilig auf den Weg zurück zum Wald hinauf. Die Glocken von Colle läuteten zu Mittag, und ihr Echo breitete sich im ganzen Tal aus.

Domenico war so erschöpft und kraftlos, dass er fürchtete, jeden Moment die Besinnung zu verlieren. Die Augen fielen ihm zu, und an seinen Füßen hatten sich neue Blasen gebildet.

»Du musst unbedingt etwas essen und ein wenig schlafen. Und danach erzählst du mir alles ganz in Ruhe ...«, sagte die Tante.

»Aber erst einmal muss ich noch zu Mario Crepaz.«

»Oh, Heilige Lucia, dann weißt du wohl gar nichts davon ...«

»Wovon?«

»Ist dir nicht aufgefallen, dass nirgendwo Männer zu sehen waren?«, sagte sie. »Die sind fort. Alle!«

53

Während vor ihm der Dampf einer heißen Bohnensuppe aufstieg, weihte die Tante ihn in die dramatischen Ereignisse der letzten Stunden ein.

»Die Männer sind alle nach Longarone, unten im Val Zoldana, gefahren«, sagte sie. Sie hatte die Hände gefaltet und den Blick auf das Kreuz über der Bank gerichtet.

Gierig schlürfte Domenico einen ersten Löffel Suppe und hielt inne, um genauer zuzuhören, denn bis jetzt war ihm noch nichts klarer geworden.

»Ja, mein Junge, dort hat es eine Katastrophe gegeben, so etwas hat man noch nicht erlebt: Ein ganzer Berghang hat sich gelöst und ist in den Stausee gestürzt. Das Wasser wurde hinausgedrängt und hat das gesamte Tal überschwemmt. Ein Inferno, Menego, ein Inferno. Tausende von Menschen sollen ums Leben gekommen sein, von der Gewalt der Fluten fortgespült oder unter den Schlammmassen begraben.«

Domenico hielt einen Moment inne und aß dann weiter, als wäre nichts geschehen. Seine Tante fuhr mit ihrem Bericht fort, aber er hörte nicht mehr richtig zu. In Gedanken war er wieder bei der Wette und dem Geld, das dieser Mario Crepaz, der Lebensmittelhändler und Eigentümer mehrerer Wohnungen, der wohlhabendste Mann des Ortes, ihm schuldete. Der Rest war bloß Gerede. Das Einzige, was ihn noch interessierte, war, dass er möglichst bald schlafen konnte.

Beide schwiegen, während draußen ein kräftiger Nordwind aufkam.

»Du meinst, die Männer sind jetzt alle dort?«, fragte er, und steckte sich eine weitere halbe Kugel Polenta mit Käse in den Mund.

»Ja, ausnahmslos. Sie versuchen den Menschen in Longarone zu helfen. Jede Hand zählt. Alle helfen mit allem, was zur Verfügung steht, die Freiwillige Feuerwehr, das Militär …

»Crepaz auch?«

»Natürlich, der auch! Warum fragst du?«

Domenico antwortete nicht.

»Aber jetzt erzähl du mal, wo zum Donnerwetter dein Vater steckt, und was es mit diesem Bären auf sich hat ...«

»Später, liebe Tante. Ich muss erst einmal ein wenig schlafen.«

»Ja, natürlich, du hast recht. Wie dumm von mir, du kannst mir genauso gut morgen alles erzählen.«

»Ich will nur nach Hause.«

Er aß den Teller leer, ging zu seinem Elternhaus hinüber, warf sich auf das breite Bett, in dem früher sein Vater und seine Mutter geschlafen hatten, und fiel erschöpft in einen tiefen Schlaf.

Als die Sonne hinter dem Sasso Bianco untergegangen war, stand er auf und zog sich den alten Schaffellmantel seines Vaters über, der ihm mindestens zwei Nummern zu groß war. Er betrachtete sich verwundert im Spiegel und setzte sich noch einen alten Filzhut von Pietro auf.

Dann ging er in den Stall hinüber und spannte Isotta vor den Karren, auf dem der tote Bär lag. Als Tante Adele ihn sah, bekniete sie ihn, lieber hierzubleiben, drückte ihm jedoch noch etwas Proviant in die Hand. So machte er sich auf den Weg ins Tal hinunter, Richtung Selva di Cadore, während der beißende Nordwind immer heftiger blies.

54

Der mittlerweile volle Mond thronte über dem Pelmo und tauchte dessen Nordwand in ein silberblaues Licht. Wie ein leichter Ball, der an einem dünnen, unsichtbaren Seidenfaden am Himmel schwebte, sah er aus und wirkte dabei doch sehr majestätisch in seinem Glanz.

Das gesamte Val Fiorentina schimmerte in seinem magischen Licht, das sich von den düstersten Wäldern bis hinauf zu den höchsten Berggipfeln ausbreitete, wo das Weiß der Schneefelder noch greller hervortrat und seinerseits die umliegende Landschaft erhellte.

Der kalte Wind hatte die Luft gereinigt, die jetzt sauber und kristallklar war.

Eine Kuh, ein Junge, ein quietschender Karren, auf dem, gut verdeckt, ein großer Bär lag.

Aber nicht irgendein Bär! Verdammt, er konnte es immer noch nicht fassen, dass er El Diàol bei sich hatte. Das Ungeheuer, das eine Million Lire wert war und seinem Papà das Leben gekostet hatte. Während er auf dem Karren langsam zu Tal fuhr, dachte Domenico daran, wie sehr sich sein Leben im Verlauf weniger Tage, ja, Stunden, gewandelt hatte. Aber er tat es so wie jemand, dem im Schlaf bewusst wird, dass er träumt, und der daraufhin seinen Albtraum, ohne wach zu werden, selbst steuert. Er redete sich ein, dass es sich nur um einen Albtraum handele, und versuchte sich einzuhämmern, dass der Bär, den er da mit sich führte, lediglich in seiner Fantasie existierte.

Er hielt einen Augenblick an und spähte unter die Plane. Sofort schlug ihm ein entsetzlicher Gestank entgegen. Lange, raue Borsten ragten hervor. Dieses verfluchte Ungeheuer hatte den stärksten und mutigsten Mann, den es für ihn gab, zu Tode erschreckt. In gewisser Weise fühlte er sich selbst verantwortlich dafür, und plötzlich stiegen in seinem Innern entsetzliche Schuldgefühle wie finstere Wolken auf. Das Einzige, was ihm helfen würde, sich besser zu fühlen, war, so schnell wie möglich den Urheber dieses Unglücks ausfindig zu machen: den Mann, der mit seiner Wette diesen entsetzlichen Albtraum losgetreten hatte.

Ein knapper Befehl und Isotta zog wieder an, und während er so dahinfuhr, den Blick starr vor sich auf den Weg gerichtet, wandte der Junge sich in Gedanken direkt an den Bären.

Du verfluchtes Biest. Warum hast du mir meinen Vater genommen?

Diese quälenden Gedanken ließen ihm keine Ruhe. Auch setzte ihm inzwischen der Umstand zu, dass er seinen Vater dort oben in den Bergen zurückgelassen hatte und dass er durch die Ereignisse gezwungen gewesen war, an seiner Stelle diese widerliche Bestie nach Hause zu transportieren. Am liebsten hätte er sie angezündet und dabei zugesehen, wie sie ganz, bis zum letzten Fetzen Fleisch, von den Flammen verzehrt wurde. Doch das durfte er nicht. Das launische Schicksal wollte es, dass ihm ausgerechnet dieser Bär, der ja der Grund für all den Schmerz war, eine Art Wiedergutmachung einbringen sollte. Und so war er nun gezwungen, diesen unförmigen, stinkenden Kadaver mit letzter Kraft durch die Landschaft zu fahren.

Gemächlich, dabei unermüdlich zog Isotta den Karren den Weg hinunter. Sie war eine gutmütige Kuh, die nie die Arbeit verweigerte, vor allem nicht, wenn sie es mit dem jungen Sieff zu tun hatte, der sie immer voller Zuneigung behandelt und mit reichlich Futter versorgt hatte.

Unten in Selva hielt Domenico an und ließ Isotta aus dem Brunnen vor der Kirche trinken. Im gleichen Trott ging es auf einer ungepflasterten Straße weiter zum Pass hinauf.

Im Schein des Mondes und begleitet von den Rufen der Eulen durchquerten sie zunächst Santa Fosca und Pescul, bevor der Weg unter den Wänden des Pelmetto mit seinen ausgedehnten Geröllfeldern Kehre um Kehre immer bergan stieg. Vom Geheul der Wölfe aus den Wäldern unterhalb des Monte Crot empfangen, erreichten sie schließlich den Staulanzapass. Von dort aus fiel die Straße in Richtung Palafavera ab.

Und damit begann der schwierige kurvenreiche Abstieg ins Val Zoldana.

55

Sie erreichten Pecol. Vor ihnen erhob sich die Civetta, die ihren mächtigen Rücken dem Monte Coldai zuwandte.

Dann durchquerten sie Pianaz. Einige streunende Hunde begleiteten sie bellend und knurrend bis zum Dorfausgang.

Schließlich gelangten sie nach Zoldo Alto. Die gelb erleuchteten Fenster eines Wirtshauses brachten Domenico in Versuchung, hier haltzumachen. Doch er biss auf die Zähne und setzte seinen Weg fort.

So lenkte er Isotta tiefer und tiefer ins Tal hinunter, während der Mond, der weiterhin hoch am Himmel stand, jetzt leicht zur Seite gerückt war, aber immer noch mit seinem milden Schein die Straße vor ihnen erhellte.

56

Als der Karren vorüberfuhr, läuteten die Glocken zur Mitternacht. Das Tal mit seinen eintönigen, schon kahlen Wäldern wurde zunehmend enger.

Forno di Zoldo.

Die Straße wurde nunmehr sehr schmal und dunkel. Es war jetzt zwei Uhr. Die Kuh musste noch einmal rasten, um zu trinken und etwas Heu zu fressen. Domenico stärkte sich mit zwei Hühnerflügeln, die Tante Adele ihm zum Abendessen mitgegeben hatte. Ein eisiger Wind hatte sich am Ausgang des Tales verfangen und packte sie von hinten wie eine giftige Schlange. Das ganze Tal war nur noch eine enge tiefe Schlucht.

In ihrem Rücken ging der Mond unter, und einen Augenblick glaubte Domenico, er müsse erfrieren.

57

Gegen fünf Uhr am Morgen des 12. Oktober kamen sie durch die Dörfchen Casoni und Mezzocanale.

Domenico war derart erschöpft, dass er mehrmals kurz vorm Aufgeben war.

Und ich habe geglaubt, die härteste Prüfung hätte ich dort oben in den Bergen überstanden. Aber da habe ich mich geirrt.

Eine junge Frau, die das Gesicht zur Hälfte unter einem schmutzigen Tuch verborgen hatte, stand am Straßenrand neben ihrer Scheune und beobachtete ihn. Offenbar hielt sie Domenico für einen Freiwilligen, der zum Unglücksort eilte, um den Opfern zu helfen.

»Woher kommst du, Junge?«, fragte sie ihn, als ihr auffiel, dass er so bleich war wie ein Gespenst.

»Aus Colle Santa Lucia«, gab Domenico matt zurück.

Die Frau umarmte ihn liebevoll und zog ihn vom Karren, beinahe sanft, wie es eine Mutter getan hätte. Sie erzählt ihm, auch ihr Mann und ihr Sohn seien ins Tal hinuntergefahren, um dort zu helfen und mit anzupacken. Ihr Sohn sei ungefähr in seinem Alter, fügte sie hinzu.

Er wusste nichts darauf zu sagen.

»Dieses Unglück ist eine Strafe Gottes«, sagte die junge Frau und bekreuzigte sich. Sie lief ins Haus und kehrte kurz darauf mit Brot und frisch gemolkener warmer Milch für ihn zurück. Sie schenkte ihm eine Decke aus grober Wolle, die sie sonst für ihren Maulesel im Stall benutzte, und half ihm wieder auf den Karren hinauf.

»Was führst du eigentlich auf dem Wagen mit dir?«, fragte sie.

»Meine Zukunft, Signora.«

»Wollen wir hoffen, dass alle heil zurückkehren.«

Aber Domenico hatte nur Mario Crepaz im Kopf und das Geld, das dieser ihm schuldete. Alles andere war ihm gleichgültig.

58

Als er in die Nähe von Soffranco gelangte, begannen sich die Talhänge zu öffnen, und im Hintergrund zeichneten sich die Umrisse der Friauler Berge ab.

Aus der Ferne, jenseits des Hügels, der das Dörfchen Igne überragte, drang ein eigenartiges Brummen zu ihm. Das Geräusch wurde immer lauter, immer dröhnender, als schwirrten dort tausend Riesenhornissen. Verwundert blieb er stehen. Plötzlich tauchten am Himmel große Militärhubschrauber auf, die über der Piave-Ebene hin und her pendelten.

Domenico setzte seinen Weg unbeirrt fort. Er fühlte sich besser, war wieder etwas zu Kräften gekommen, auch dank der Signora, die ihn in Mezzocanale versorgt hatte. Vor ihm zeigten sich jetzt die ersten Sonnenstrahlen, und ein seltsames Licht tauchte die Umgebung in ein zartes Rosa. Immer mehr Hubschrauber kreisten am Himmel, und auf der Straße waren zunehmend große Fahrzeuge unterwegs, Feuerwehrwagen und Kesselwagen vom Militär. Eins, fünf, sieben. Immer zahlreicher wurden sie. Die Soldaten sahen erschöpft aus, und ihre Blicke wirkten leer, wie bei Menschen, die soeben etwas unvorstellbar Entsetzliches miterlebt haben.

Langsam fuhr Domenico auf seinem Karren in Igne ein. Der Ort quoll über vor Menschen, war ein einziges großes, verworrenes Hin und Her von überforderten Helfern. Am Straßenrand hatten Militär und Rotes Kreuz Feldlazarette und Versorgungslager errichtet. Von seinem langsam rollenden Karren herab sah er erschütterte Gesichter, Dutzende verzweifelter oder in Panik herumirrender Personen. Und am Straßenrand sah er Hunderte von erstarrten Körpern, die in grün-braune Tücher eingewickelt waren und endlose Leichenreihen bildeten.

Je näher er seinem Ziel Longarone kam, desto zahlreicher wurden die Helfer, die sich unermüdlich die Hänge hinauf- und hinunterkämpften und Verletzte und Tote bargen: Männer, Frauen, Alte, Kinder. Hier musste tatsächlich eine Katastrophe ausgebrochen sein. Eine Tragödie, die alle getroffen hatte. Doch Domenico bewegte es nicht, er empfand keinerlei Trauer um die vielen Opfer, keinerlei Mitgefühl, die herzzerreißenden Szenen betrafen ihn nicht, so schien es ihm. Er hatte seinen Vater verloren.

Das Chaos ringsum erschwerte es ihm, seinen Weg fortzusetzen: *Carabinieri* und Polizisten im Ausnahmezustand, freiwillige Helfer, die unverständliche Dialekte sprachen und die Straße versperrten und sich dabei ablösten, mit Spaten, Schaufeln, Seilen und allen möglichen anderen Gerätschaften, um den Menschen beizustehen, die von dem Unglück heimgesucht worden waren.

Domenico hatte nur dieses eine Ziel im Sinn: jenen Mann zu finden, mit dem sein Vater gewettet hatte. So bahnte er sich seinen Weg, wich allen Hindernissen aus und überwand die Straßensperren, die die Fahrzeuge anhielten. Alle dachten, er sei wie die übrigen Helfer unterwegs zur Piaveebene, und winkten ihn durch.

Wie soll ich ihn in diesem Chaos bloß finden?

59

Er fühlte sich, als wäre er innerhalb weniger Minuten in eine andere Welt, eine andere Dimension geschleudert worden. Im Durcheinander der heulenden Sirenen, der Rufe und Schreie aus allen Richtungen und der unermüdlich ratternden Hubschrauber, hielt Domenico einen Helfer an, der erschöpft aus der Ebene hinaufstieg, und fragte ihn, was passiert sei.

Der Mann betrachtete ihn mit ausdrucksloser Miene und ging weiter.

Er sprach einen Feuerwehrmann an, der auf einem Prellstein saß. Sein leerer Gesichtsausdruck verriet, dass er die ganze Nacht am Unglücksort gearbeitet hatte. Ihm stellte der Junge die gleiche Frage.

»Der Monte Toc«, antwortete der Mann und fuhr sich mit beiden Händen durchs Haar. »Ein Erdrutsch, der halbe Berg ist den Vajontstausee gestürzt, und eine

Riesenwelle hat alle Dörfer darunter völlig zerstört …«
Und er begann zu weinen.

»Können Sie mir sagen, wo ich die Helfer aus Colle Santa Lucia finden kann?«

»Aus dem Agordino?«

»Ja!«

Der Feuerwehrmann wischte sich die Tränen aus dem Gesicht und gewann seine Fassung zurück. »Die müssten weiter unten sein. Aber ich weiß es nicht genau. Alle Freiwilligentrupps werden von den Gebirgsjägern koordiniert.«

Selbst jetzt empfand Domenico noch kein Mitleid. Was er spürte, war Verbitterung. Mit dem Abenteuer in den Bergen hatte sich alles verändert, auch er selbst. Als sei er mit einem Male erwachsen geworden, vor allem aber so zynisch, wie es die meisten Menschen waren.

Er schnalzte leicht mit den Zügeln, und die immer unruhiger werdende Isotta zog wieder an.

Er musste weiter, ganz ins Tal hinunter und das erledigen, was ihn hierhergetrieben hatte.

60

Als er endlich in Longarone eintraf, bot sich ihm ein Bild des Grauens. Gigantische Wassermassen, wie ein ganzes Meer, waren über die Talebene der Piave geschossen und hatten Bäume, Häuser, Kirchen, Gebäude jeder Art, fortgerissen, als wären sie aus Blätterteig errichtet gewesen. Und ein Strom aus schaumigem, trübem Schlamm hatte die Mauerreste und wenigen Häuschen, die noch standen, unter sich begraben. Scharen von Helfern, völlig verdreckt von Kopf bis Fuß, schaufelten in den Schlammmassen herum, und Hunderte von Leichen waren überall verstreut, viele davon trieben noch in dem schlammigem Wasser und warteten darauf, geborgen und identifiziert zu werden. Domenico war in ein Inferno hinabgestiegen.

Es war nur ein Augenblick, und das, was er bis dahin nicht an sich herangelassen hatte, ergriff ihn mit aller Macht. Sein Magen krampfte sich zusammen, sein Mund öffnete sich, und plötzlich regte sich auch etwas in seinem Herzen. Die dicke Eisschicht, die sich darauf gelegt hatte, begann langsam zu schmelzen.

Er hatte das seltsame Gefühl, aus dem Schlaf hochzufahren, als werde er abrupt aus einem Zustand völliger Leere in die Realität, in sein Leben, zurückgeschleudert. Als hätte eine unsichtbare, vom Himmel ausgestreckte Hand, die Glasglocke gelüftet, die ihn von der Welt isoliert hatte. Jetzt spürte er wieder seine Glieder, seinen schweren Atem.

Einige Minuten lang betrachtete er, was die Katastrophe angerichtet hatte, und der kalte Schweiß brach ihm aus. Dann setzte er seinen Weg fort, tiefer hinab ins Tal, durch den hohen Schlamm, der bis zu den Achsen seines Karrens reichte. Wehklagen, Verzweiflungsschreie, entkräftete Menschen, die sich durch das Grauen bewegten, alle verdreckt und voller Schlamm. Er fühlte sich elend, zwang sich aber durchzuhalten, dachte an seinen Vater und das Versprechen, das er ihm am Grab im Beisein Zelgers gegeben hatte. Auch unter den Helfern herrschte ein großes Durcheinander, Hunderte von Freiwilligen waren hier, die einen schaufelten, andere lagen ermattet oder gar bewusstlos am Boden, sie schrien aufeinander, stritten miteinander, sie plünderten, weinten, um Verwandte oder Bekannte unter den Toten.

»Wissen Sie vielleicht, wo ich die Männer aus dem Agordino finde?«, fragte der Junge mit fester Stimme einen Gebirgsjäger, der brüllend Kommandos erteilte wie in einem Krieg.

»Dort hinunter«, schrie der Alpino zur Antwort und zeigte gen Norden. »Und jetzt verschwinde, hier soll gleich ein Hubschrauber der Einsatzleitung landen!«

Domenico versuchte, Platz zu machen, doch Isotta schaffte es kaum noch, den Wagen anzuziehen, weil ihre Hufe in dem dunklen Morast keinen sicheren Halt mehr fanden. Als sie endlich weiterrollten, sah er vor ihnen einen Mann, der sich über die Leichen zweier Kinder beugte und verzweifelt weinte. Wie groteske Puppen lagen sie da, ausgezehrt und steif, geisterhaft bleich, offenbar hatten sie sich im Tod aneinander geklammert, denn ihre Hände und Arme waren ineinander verschlungen.

Trotz aller Vorsätze, durchzuhalten, bis er Mario Crepaz gefunden hatte, fühlte Domenico sich mit einem Male so schlecht, dass er vom Wagen absteigen musste, um sich zu erbrechen.

Lieber Gott, hilf mir, dachte er, während ihm der Schleim wie an Fäden aus dem Mund lief.

Dann stieg er wieder auf und fuhr weiter.

61

Endlich fand er sie.

Es war fast zwei Uhr nachmittags, es roch nach Tod, und sogar der bleierne Himmel schien Trauer zu tragen.

Schon aus der Ferne erkannte er die Gesichter von Colleselli, Frena und Agostini. Ihre Augen wirkten stumpf, und ihre Hände krallten sich förmlich um die Stielenden der Schaufeln. Sie waren so erschöpft, als hätten sie eine Schlacht geschlagen.

Weiter hinten ihnen erblickte er auch Chizzali, Troi und Pallùa. Alle hatten eine Schaufel und gruben in den Trümmern nach Überlebenden. Unterstützt wurden sie von zahlreichen Gebirgsjägern, die er an den Mützen mit der langen Feder auf dem Kopf erkannte. Domenico band die völlig ermattete Isotta an einem Stahlgerüst an, das man für Bergungsmaßnahmen errichtet hatte. Ohne sich umzublicken, ging er auf die Männer zu.

»Lezuo!«, rief er an den Mann gewandt, der ihm am nächsten arbeitete.

Der fuhr herum: »Donnerwetter! Der junge Sieff. Was machst du denn hier?«

»Ich suche Mario Crepaz. Weißt du, wo ich ihn finden kann?«

Mittlerweile hatten sich auch Chizzali und Troi, der Schneider, zu ihm umgedreht. Sie waren sichtlich überrascht, den Jungen hier zu sehen.

In diesem Moment tauchten Colcuc und der Schuster Pallabazzer auf, die ein totes Mädchen hinaustrugen, das notdürftig in ein zu kleines Tuch gehüllt war.

Domenico wandte den Blick ab, erneut wurde ihm übel, und er begann sich zu fragen, wie er bloß auf die Idee hatte kommen können, sich an diese Unglücksstätte zu begeben.

»Da hinten ist er«, sagte Chizzali und deutete auf einen Mann von mittlerer Größe, der in vielleicht zehn Meter Entfernung stand und Schlamm wegschaufelte.

Domenico trat auf ihn zu, und als er nur noch zwei, drei Schritt von ihm entfernt war, rief er so laut seinen Namen, als wolle er ihn herausfordern.

»Was machst du denn hier, Bürschchen?«, sagte Crepaz, der einen Moment gebraucht hatte, bis er den Jungen erkannte. »Und wo ist dieser Taugenichts von deinem Vater?«

Domenico spürte, wie die Wut ihn ihm aufstieg. Nur mühsam konnte er sich zurückhalten, als er antwortete: »Mein Vater hat mich geschickt …«

»Das habe ich mir schon gedacht«, fiel ihm Crepaz ins Wort. Er unterbrach jetzt seine Arbeit und stützte sich mit den Unterarmen auf dem Stiel seiner Schaufel ab. In das runde Gesicht mit der großen, leicht gebogenen Nase und den fein geschwungenen Lippen hatten sich tiefe Falten eingegraben.

»Ich hab den Bären dabei!«, schrie Domenico, der jetzt völlig außer sich war. Er schrie, damit sie alle ihn hörten, trotz des Lärms um sie herum. Er deutete auf den Karren hinter Isotta, und alle blickten dorthin.

»Da soll der Bär liegen?«, fragte Lezuo.

»Ja, sieh doch nach, wenn du mir nicht glaubst. Ich hab *El Diàol* dabei. Mein Vater ist auf der Jagd nach ihm gestorben, und ich bin hier, weil *du* mir jetzt etwas schuldest!« Und während er das sagte und auf Crepaz deutete, wurde er plötzlich blass und ging zitternd im Schlamm in die Knie.

Die Männer aus Colle wurden neugierig und stürzten zu dem Karren, hoben die Plane an und erstarrten.

»Crepaz!«, rief Chizzali, »das scheint tatsächlich *El Diàol* zu sein!«

Einige fluchten vor Verblüffung, andere schüttelten zweifelnd den Kopf, viele aber, die ringsum standen, winkten gleichgültig ab und schaufelten weiter.

Während Domenico immer noch im Schlamm kniete, ging Crepaz zögernd zu dem Karren. Sein Gesichtsausdruck verriet nichts als die kalte Entschlossenheit, sich nicht zum Narren machen zu lassen.

Nachdem er unter die Plane geschaut hatte, riss er den Mund auf. Er konnte es nicht fassen. Er wollte nicht glauben, dass es den Sieffs gelungen sein sollte, diesen Teufelsbären zur Strecke zu bringen, dem auch nur nachzustellen niemand sonst den Mut aufgebracht hatte.

Als ihm jedoch klar wurde, dass dieser dünne, abgezehrte, sommersprossige Junge den Bären gejagt, getötet und hierher geschafft hatte, ein Ungeheuer, das monatelang die umliegenden Täler in Angst und Schrecken versetzt hatte, tat er ganz unbeeindruckt und kehrte zu seiner Arbeit zurück.

»Jetzt musst du ihn auch bezahlen, Crepaz«, rief Sommavilla.

»Wettschulden sind Ehrenschulden, alter Freund«, schloss Cesare Frena sich ihm an.

Und bald schon forderten alle Crepaz lauthals auf, nun die eine Million Lire herauszurücken.

Der schien verärgert, erwiderte aber nichts und schaute sich nur um, mit betrübtem Blick, wie um zu sagen, dass er im Moment anderes, weit Wichtigeres im Kopf habe als eine dumme Wette.

Er zögerte, überlegte eine Weile, dann trat er zu einem Kleinlaster, zog eine Schaufel herunter, ging zu dem Jungen, der immer noch auf Knien lag, und sagte: »Jetzt gib endlich Ruhe und fang an zu schaufeln, zum Donnerwetter.«

Die anderen wandten sich wieder der Arbeit zu.

Domenico aber sah sich um, blickte auf all die Verwüstungen, all das Leid, das ihn umgab, rappelte sich mühsam, am ganzen Leibe zitternd, hoch, griff zu der Schaufel und fing an.

62

Als die Sonne unterging, wiesen die Gebirgsjäger die Ladiner an, die Arbeit einzustellen. Diese legten ihre Gerätschaften nieder und ließen sich von einem Trupp Freiwilliger ablösen, die aus Maniago im Friaul hierhergeeilt waren.

Erschöpft, ausgehungert und durstig wie sie waren, richteten sich die Männer aus Colle Santa Lucia und die

Helfer aus der Gegend um Agordo in den Zelten des Lagers ein, das die Armee aufgebaut hatte. Anschließend häuften sie Brennholz auf und entzündeten ein großes Lagerfeuer.

Die Feuerwehrmänner gaben Anweisungen für den nächsten Tag und verteilten Decken und Verpflegung für die bevorstehende Nacht. Alle Colleser lagen oder saßen nun um das große Feuer herum, das nicht weit von Domenicos Karren entfacht worden war. Der Junge hingegen lag seit dem Nachmittag dort auf dem Boden. Er hatte hohes Fieber, Krämpfe schüttelten ihn und die stechenden Schmerzen in der Brust erschwerten ihm das Atmen. Der Arzt von den Gebirgsjägern, dem Crepaz vorgegaukelt hatte, Domenico sei sein Sohn und schon volljährig, hatte ihm eine ganze Reihe von Medikamenten verabreicht. Damit werde es dem Jungen schon bald bessergehen, hatte er gesagt – aber sehr überzeugend wirkte er dabei nicht.

Irgendwann stand Colcuc auf und ging zu dem Karren. Er hob noch einmal die Plane an, um darunter zu schauen, und die anderen taten es ihm nach und betrachteten nun genauer als ein paar Stunden zuvor, was dort auf der Ladefläche lag.

»Das ist tatsächlich *El Diàol*, da gibt's nichts«, sagte Colleselli und zeigte auf den toten Bären, von dem ein heftiger Gestank ausging.

»Ja, das ist er, so sicher wie ich Kerer heiße«, meinte ein anderer.

»Du musst den Jungen auszahlen, Schluss aus«, fügte Frena hinzu.

Crepaz, der den ganzen Nachmittag über geschwiegen hatte, kippte einen ordentlichen Schluck Rotwein aus seinem Kochgeschirr hinunter und stand ganz ruhig auf. Er trat auf Domenico zu, kniete bei ihm nieder und strich ihm sanft über die Wange. Wegen des hohen Fiebers glänzten Domenicos Augen wie ein See bei Sonnenaufgang.

»Hör mir mal gut zu, junger Sieff«, sagte er so laut, dass alle ihn hören konnten, »ich weiß nicht, ob du mich auf den Arm nimmst oder dein Vater tatsächlich ums Leben gekommen ist, wie du sagst. Aber eines ist sicher: Mario Crepaz bleibt niemandem etwas schuldig, dir auch nicht.«

Domenico hob den Blick und sah ihn aus glasigen Augen an.

»Wenn wir diese Hölle hier verlassen können und endlich wieder zu Hause sind, kriegst du von mir das verfluchte Geld.«

Das sagte er noch lauter. Alle Männer ringsum hatten es gehört, die meisten nickten zustimmend.

»Und nun sieh zu, dass du bald wieder auf die Beine kommst. Ich will dich nicht auf dem Gewissen haben«, fügte er hinzu und erhob sich.

63

Domenico brach in Tränen aus.

Er lag unter den Decken, fühlte sich sterbenselend und wurde unablässig von Krämpfen geschüttelt. Die Tränen strömten ihm über die Wangen wie sein geliebter Fluss, der Codalonga, durch das Flussbett. Er wusste nicht, woher all diese Tränen plötzlich kamen, aber es war, als würde es niemals mehr aufhören. Er hatte das Gefühl, jeden Moment zu sterben, und wenn das geschehen sollte, würde er sich nicht dagegen auflehnen. Es war wie ein langsames Verlöschen, wie ein langer sommerlicher Sonnenuntergang. Einen Augenblick später meinte er die Stimme seines Vaters zu hören, der etwas zu ihm sagte, aber er verstand die Worte nicht genau. Als er zum Himmel hinaufschaute, glaubte der Junge, in dem blassen Rund des Mondes das Gesicht seiner Mutter zu erkennen. Er hörte konfuses Stimmengewirr, Gewehrschüsse, Erinnerungen stiegen in ihm hoch, auch ein Bild von der Hütte seiner Eltern in den Bergen. Schließlich wandte er den Blick nach rechts, wo der Karren mit Isotta stand, und sein Gesicht überzog sich mit dem rötlichen Schein des lodernden Lagerfeuers.

Obwohl seine Augen von Tränen verschleiert waren, sah er ihn im flackernden Licht: den Bären, mit dem alles begonnen hatte. Er war die Ursache seiner Schmerzen.

Er betrachtete ihn genauer. Zum ersten Mal.

So groß, wie er geglaubt hatte, kam er ihm jetzt gar nicht mehr vor.

Sanft fielen dem Bären die Augen zu. Es war wie das Auströpfeln eines Regenschauers. Wie das Sich-Schließen einer Enzianblüte auf einer Almwiese.

Ja, er war gar nicht so groß wie Domenico geglaubt hatte, dieser verfluchte *Diàol*.

Ein besonderes Dankeschön an Stefano Res.

Das Motto wurde mit freundlicher Genehmigung des S. Fischer Verlags zitiert nach:

Ernest Hemingway: *Wem die Stunde schlägt.* Roman. Aus dem Amerikanischen von Paul Baudisch, Frankfurt am Main 1998 (Fischer Taschenbuch Verlag) S. 498.

LESEPROBE

Lesen Sie mehr vom Autor

MATTEO RIGHETTO

Die Seele des Monte Pavione

ISBN 978-3-89667-616-0

Oder als E-Book: ISBN 978-3-641-22238-3

|**BLESSING VERLAG**|

1

Als sie aufwachte, sah sie als Erstes die Äste über sich, die Baumkronen, die zwischen Himmel und Erde schwankten. Sie waren jetzt ausladender als damals, und auch die Stämme der Erlen, Eschen und Eichen, die diese Kronen trugen, wirkten mächtiger. Teilweise hatte der Herbst die Bäume hier in den Bergen bereits entlaubt.

Sie blieb liegen, hob nur Kopf und Rücken ein wenig an und stützte sich auf die Ellbogen. Dabei glitt ihr der Glücksbringer von der Brust, dessen Holz längst braun und abgegriffen war.

Es war der 29. Oktober 1896. Zwei Jahre waren seit damals vergangen. Seit jener Rast, als sie genau an dieser Stelle schon einmal eingeschlafen war. Zwei Jahre, seit sie hier zum ersten Mal, in Begleitung ihres Vaters, gewesen war. Zwei Jahre, seit er sie zur Schmugglerin gemacht hatte. Zwei lange Jahre, in denen vieles geschehen und vieles andere nie mehr geschehen war.

Damals, im Jahr 1894, auf der Reise mit ihrem Vater hatte sie viel gelernt, über den Tabakschmuggel, über den Tauschhandel von Tabak gegen Edelmetall und von Edelmetall gegen Nahrungsmittel. Am Ende hatten sie ein Schwein verdient, drei Säcke Mehl, sechs Kapaune sowie einige Lire, die ihr Vater in Kartoffeln, Mais und Rüben umsetzte. Nach der Rückkehr von dieser ersten Fahrt hatte sie sich, als sie heim in ihr Dorf kamen, zum ersten Mal wirklich als Frau gefühlt. An diesem Tag war sie sicher gewesen, endgültig all die Ängste und Unsicherheiten ihres jungen Herzens von sich abgeworfen zu haben. Mit einem Male erwachsen geworden, so kam sie sich vor, obwohl sie da gerade mal fünfzehn war.

Jetzt war sie achtzehn, und ihr Vater war nicht mehr da.

Sie verharrte in dieser Haltung und sah über sich einen Himmel, der genauso tiefblau war wie damals, als sie hier zum ersten Mal gelagert hatte. Die Augen geschlossen, atmete sie tief durch die Nase ein.

Als sie die Augen öffnete, griff sie nach zwei Tannenzapfen, die neben ihr lagen, und spielte damit.

Ihre Gedanken wanderten zurück zu dem Tag, als sie ihren Vater zum letzten Mal gesehen hatte. Damals hatte sie nicht geahnt, dass sie ihn nie mehr würde umarmen können.

Zweiundvierzig Jahre alt war er gewesen, als er aufbrach, und alle hatten sich so von ihm verabschiedet, wie man im September den Sommer ziehen lässt, in der festen Überzeugung, dass nach dem Herbst, dem Winter und dem Frühjahr, ein neuer Sommer erstrahlen und Haut und Herzen wärmen würde. Aber so war es nicht.

Tage- und wochenlang hatten seine Frau und seine Kinder auf ihn gewartet.

Agnese hatte Tag und Nacht gebetet und sich sicher gezeigt, dass nur irgendein unglücklicher Zwischenfall seine Rückkehr verzögerte und er, wenn nicht heute, dann morgen, wohlbehalten zu ihnen zurückkehren würde. Niemand hatte sich aufgemacht, um nach ihm zu suchen, was sowieso wenig Sinn gehabt hätte. Zum einen erwarteten sie, dass er alleine zu ihnen zurückfinden würde und bauten auf sein Geschick und seine Kraft ebenso wie auf die Macht des Schicksals und ihrer Gebete, zum anderen konnten sie die Felder nicht sich selbst überlassen, denn Augustos Abwesenheit bedeutete, dass sie, wenn sie zu essen haben wollten, nun doppelt so viel arbeiten mussten wie zuvor.

Dann war der erste Schnee gefallen und hatte die Berge nach und nach unter einer meterhohen weißen Decke begraben. Auch die Pfade waren verschwunden, und die Vorstellung, Augusto suchen zu wollen, war vollends abwegig geworden. Und so schwand mit dem Gras auf den Wiesen und den Büschen am Waldrand mehr und mehr die Aussicht, ihn jemals lebend wiederzusehen.

Im darauffolgenden Frühjahr zog ein Schäfer mit seiner Herde durch die Gegend von Nevada und erzählte Agnese, die innerhalb weniger Monate um Jahre gealtert zu sein schien, dass man ihm vor vielleicht einem Dreivierteljahr von einem Mann berichtet habe, der der Beschreibung nach Augusto De Boer gewesen sein konnte. Leider sei dieser Mann an der Grenze von der österreichischen Zollwache erschossen worden. Doch Agnese wollte es nicht glauben, klammerte sich weiterhin an die verzweifelte Hoffnung, ihren Mann irgendwann wieder in die Arme nehmen zu können, und flehte jeden Tag, den Gott werden ließ, alle Heiligen des Himmels um seine Rückkehr an.

An all das dachte Jole jetzt, zwei Jahre später, während sie allein als Schmugglerin unterwegs war und in dieser Senke unter den herbstlich leuchtenden Bäumen hoch über der Brenta lag. Vor einigen Stunden war sie von Nevada, dort auf der gegenüberliegenden Hangseite, aufgebrochen. Ihre Geschwister, die jetzt dreizehn und zehn Jahre alt waren, hatten sie unbedingt begleiten wollen, so wie sie selbst ihren Vater damals begleitet hatte, aber sie hatte sich nicht erweichen lassen und war allein losgezogen.

Allein oder gar nicht.

Und da sie den Weg kannte und bereits zwei Jahre zuvor auf diesem Weg ihr Leben riskiert hatte, hatte ihre Mutter schließlich nachgegeben. Ihr blieb keine andere Wahl, denn sie litten Hunger. In diesem Frühling waren ihnen die Vorräte ausgegangen, und so war die Familie De Boer noch tiefer in Not geraten. Immerhin waren ihnen einige Dutzend Kilogramm Tabak geblieben, den sie vor den Inspektoren der königlichen Tabakgesellschaft hatten verstecken können. Dadurch war in Jole der Gedanke gereift, sich wie einst ihr Vater auf den Weg zu machen, um das Überleben der Familie zu sichern. Agnese hatte sich lange gesträubt, ihre Tochter ziehen zu lassen, doch angesichts deren Hartnäckigkeit und des beißenden Hungergefühls in ihrem Magen hatte sie irgendwann zugestimmt. Jole hatte alle Vorbereitungen getroffen, um allein, auf den Spuren ihres Vaters, die Grenze zu passieren und das zu tun, was er ihr beigebracht und als Vermächtnis hinterlassen hatte.

Während sie weiter so auf die Ellbogen gestützt dalag, dachte sie an die Tage vor ihrem Aufbruch zurück, an die Vorbereitungen, an die Aufregung, die sie mehr und mehr gepackt hatte. Sie betrachtete Sansone, ihr Pferd mit den drei Vierteln Haflingerblut, auf dem sie unterwegs war. Unruhig stand das Tier da und versuchte sich all der Mücken und Bremsen, die es umschwirrten, zu erwehren. Er war schöner, größer und stärker als Ettore und wie geschaffen für den langen Weg.

Sansone war ein Arbeitspferd, klein und gedrungen.

Anderthalb Jahre zuvor hatte der Leiter des Marmorsteinbruchs, zu dem sie sich regelmäßig aufmachte, um dort die Pferde zu bewundern, es ihr geschenkt. Es hatte sich einen Vorderlauf verletzt und war in dem Steinbruch nicht mehr einzusetzen gewesen.

»Uns bleibt nichts anderes übrig: Wir müssen es zum Schlachter bringen«, hatte der Mann zu Jole gesagt, die zu dem Tier getreten war und es besorgt gestreichelt hatte.

»Gebt es mir, ich pflege es gesund.«

»Ja, ganz bestimmt.«

»Ihr werdet schon sehen. Und wenn es gesund ist, bringe ich es zurück.«

Einen Augenblick lang dachte der Leiter des Steinbruchs nach, und weil er dieses Mädchen mochte, das aus Liebe zu den Pferden schon seit Jahren, seit seiner Kindheit, regelmäßig einmal in der Woche zu ihnen kam, hatte er schließlich gebrummt: »Ach, nimm es mit, wenn du es schaffst. Aber beeil dich, bevor ich es mir anders überlege!«

Ganz behutsam hatte Jole das Pferd nach Hause geführt und im Stall untergebracht. Ein schönes Tier: haselnussbraun und fuchsrot, die Mähne und der Schweif blond. Fasziniert von dieser Mähne, hatte sie das Pferd Sansone getauft.

Tag für Tag hatte sie es mit Umschlägen und Salben aus Wildkräutern und Harz behandelt, und nach einigen Monaten war das Tier tatsächlich völlig gesundet und wieder ganz bei Kräften, sodass es nach und nach sogar wie früher zu galoppieren begann.

In Ruhe und mit großer Geduld hatte sie dieses Unternehmen vorbereitet. Wie ihr Vater bedachte sie jedes Detail, um nicht in brenzlige Situationen zu geraten, die sie mit ein wenig Voraussicht hätte vermeiden können. Nichts durfte dem Zufall überlassen werden. Bereits eine Woche vor dem geplanten Aufbruch hatte sie mit den Vorbereitungen begonnen.

Den Tabak, den sie mitführen wollte, hatte sie aus den verschiedenen, hier und dort verstreuten Verstecken hervorgeholt, hatte ihn gewogen und noch einmal ausreichend angefeuchtet und alle Beutel und Fächer, in denen sie ihn, gut verteilt und verborgen, transportieren wollte, zusammengestellt und bestückt. Sie hatte Sansone ausgiebiger als gewöhnlich gefüttert und ihm viel Ruhe gegönnt, hatte Morlacco- und Bastardo-Käse sowie Presswurst in passende Stücke zerteilt und in starkes Papier gewickelt, Jutesäckchen mit getrockneten Bohnen und Kartoffeln gefüllt, ihre Stiefel geflickt, sich eine dicke Decke besorgt, einen Rucksack, einige Seile, eine große metallene Trinkflasche, eine Plane aus grobem Hanfleinen und eine Lampe eingepackt. Die achtzig Kilo Tabak – in Blättern, Feinschnitt und als Schnupftabak – versteckte sie zum größten Teil unter den Sachen, die Sansone an den Flanken tragen würde, den Rest unter ihren eigenen Kleidern. Schließlich ging sie noch in den Stall, öffnete die alte Kiste aus Eichenholz und nahm das Sankt Paulus heraus, das Werndl-Holub-Gewehr also, das von Sankt Petrus getrennt worden war.

Schießen gelernt hatte sie in dem Jahr ihrer ersten Reise. Augusto hatte es ihr beigebracht, mit jenem Sankt-Petrus-Gewehr, das er immer mitführte, wenn er Tabak schmuggelte, und das mit ihm und dem Maulesel verschwunden war.

2

Jetzt lag sie auf dieser Lichtung, der ersten Etappe ihrer zweiten Schmuggeltour, und dachte zurück an die Dinge, die geschehen waren, vor allem aber an das, was vor ihr lag. Schließlich stand sie auf und nahm das Holzpferdchen an sich, das ins laubbedeckte Gras gefallen war, band sich das in den zurückliegenden zwei Jahren sehr lang gewordene Haar zusammen, richtete sich ihr altes rotes Halstuch und setzte den Strohhut mit der breiten Krempe auf, der ihrem Vater gehört hatte. Zuletzt griff sie zu dem Gewehr und legte es sich über die Schulter.

Eine Windbö wirbelte Blätter auf, und in diesem Moment drang vom Suganatal, vielleicht aus Grigno weit unten, das laute Pfeifen einer Dampflokomotive zu ihr herauf. Einige Monate zuvor war die Bahnstrecke eingeweiht worden, und nun ratterten die Züge zwischen Grenze und Tal hin und her.

Den Hut nach vorne geneigt und das Gewehr über Schulter und Rucksack gelegt, trat Jole auf Sansone zu, tätschelte ihm das Maul und sprang gewandt und sicher auf. Sie sah schön aus, wie sie auf ihrem Haflinger ohne Sattel saß, schön und stark, als könnte nichts und niemand auf der Welt sie aufhalten.

»Ya!«, sagte sie ruhig, und auf das Kommando hin setzte sich Sansone in Bewegung.

Jole erinnerte sich gut an den Weg, den sie mit ihrem Vater genommen hatte, wusste aber auch, dass er enorm schwierig war und sich hinter jedem Schritt unzählige Gefahren und Tücken verbergen konnten.

»Ya!«, sagte sie noch einmal.

Und so verließ sie diese Lichtung im Wald, die mit so vielen traurigen Erinnerungen verbunden, nun aber auch von einem frischen Duft erfüllt war, den sie, die junge Schmugglerin, dort hinterlassen hatte.

3

Ganz langsam drang sie wieder tiefer in den Wald ein und schaute sich dabei in einem fort misstrauisch um. Ihr war klar, dass sie hier jederzeit mit Patrouillen italienischer Finanzgendarmen rechnen musste, mit wilden Tieren oder skrupellosen Banditen, die Wanderern und Schmugglern auflauerten.

Was mochte ihrem Vater nur zugestoßen sein, fragte sie sich wieder einmal, ohne eine Antwort darauf zu finden. Denn in ihren Augen war er gewitzter gewesen als jeder Gendarm, stärker als alle Naturgewalten und entschlossener als jeder Gauner, der in diesen Wäldern hausen mochte.

Die Sonne war schon einige Stunden zuvor aufgegangen. Mittlerweile hatten ihre goldenen Strahlen den Kamm des Monte Grappa erreicht und ergossen sich über den Nordhang dieses heiligen Berges.

Jole ritt in östliche Richtung, dann nach Nordosten, und bewegte sich wie auf der Flucht, ohne je den schützenden Wald zu verlassen, dessen Vegetation sie so gut tarnte wie eine Viper das Gestrüpp.

Kaum einmal hielt sie an, und wenn doch, dann nur, um Spuren, die sie entdeckt hatte, genauer zu betrachten oder um sich neu zu orientieren und nach Pfaden zu suchen, die von irgendwo anders unmöglich einzusehen waren. Nachdem sie die Nordhänge des Monte Grappa hinter sich gelassen hatte, sah sie das Cismontal unter sich liegen. Um weiter voranzukommen, musste sie den dichten Wald aus Hainbuchen, Bergahornen und Linden verlassen, einen Birkenwald durchqueren und über Wiesen und Weiden weiterziehen, die sich über einige Kilometer in ihre Richtung ausbreiteten. Es war ein heikler Moment, denn obwohl sie sich geschickterweise gut fünfhundert Meter oberhalb des Dorfes Arsiè gehalten hatte, bestand durchaus Gefahr, dass sie jemand von dort aus erblickte. So stieg sie noch einmal ab, bevor sie die Deckung verließ, band Sansone am Stamm einer hohen Birke an und untersuchte im Umkreis von vielleicht hundert Schritt das Gelände, um schließlich beruhigt zu ihrem Pferd zurückzukehren, das zwischen den bunt gesprenkelten Bäumen kaum auszumachen war.

Es schien alles in Ordnung zu sein, und sie fühlte sich bereit, ihren Weg fortzusetzen. Zuvor aber führte sie Sansone noch an den Waldrand, wo die Birken lichter standen und hier und da schon herbstlich gefärbten Wiesen Platz machten. Dort ließ sie ihr Pferd fast eine Stunde lang weiden, während sie selbst sich die Beine vertrat und einige Pfifferlinge sowie eine Handvoll Schirmlinge sammelte, die auf einem moosbewachsenen Flecken ganz in der Nähe sprossen. Sie säuberte sie mit dem Messer, das sie am Gürtel trug, und steckte sie dann in einen Lederbeutel unter Sansones Gepäck.

Plötzlich meinte sie, etwas gesehen zu haben, nicht weit von ihr, dort auf der Wiese: ein großer dunkler, unförmiger Fleck, der plötzlich aufgetaucht und genauso schnell wieder hinter einem Grasbuckel verschwunden war. Aufgeschreckt griff sie zum Gewehr, warf sich zu Boden, brachte es in

Anschlag, während sie darauf wartete, erkennen zu können, worum es sich gehandelt hatte.

Den Lauf gerade auf das Ziel gerichtet, Kopf und Schultern reglos in Schusshaltung, lag sie da und spürte ihr Herz klopfen, während ihr Atem so heftig ging, dass es ihre Treffsicherheit gefährden konnte. Einige Sekunden rührte sie sich nicht und starrte auf die Stelle, wo sie diesen Schatten gesehen zu haben glaubte. Sekunden, die wie Minuten waren, und Minuten wie Stunden.

Da war er wieder: Mit großem Radau verließ der Schatten die Deckung, und Jole ließ Sankt Paulus sinken und stieß einen Seufzer der Erleichterung aus. Es war nur ein großer Auerhahn, der sein Gefieder und die Schwanzfedern aufgestellt hatte und drohende, pfeifende Laute ausstieß.

Ohne Hast, aber doch zügig – da sie wusste, dass diese Vögel angriffslustig sein konnten – bewegte sie sich zu ihrem Pferd zurück und machte sich sogleich wieder auf den Weg, ließ diesen Hahn und diese Wälder hinter sich und ritt im offenen Gelände weiter ihrem Ziel entgegen.

Einige Stunden lang war sie so unterwegs, passierte eine beweidete Hochebene mit sanften grünen Hügeln, auf denen Millionen violetter Herbstkrokusse sprossen. Der Himmel war klar, und die Sonne brannte in Joles Nacken und auf den Rücken ihres Pferdes, das sie trotz seines schweißnassen Fells klaglos Schritt für Schritt vorwärtstrug.

4

Sie ritt aus Fanzaso hinaus, hielt sich weiter in den Höhenlagen und schaute sich ständig aufmerksam um, ob irgendwo Spuren von Gendarmen oder Soldaten des Königreichs zu entdecken waren. Hasen und Haselhühner begegneten ihr, Rebhühner und Rehkitze mit ihren Müttern, ohne dass sie sich an den Fremden zu stören schienen. Jole hatte sogar den Eindruck, auf dieser Hochebene willkommen geheißen zu werden. Unter der sengenden Mittagsonne leuchteten die herbstlichen Farben so intensiv, dass sie ganz hingerissen davon war und einen Augenblick lang sogar vergaß, weshalb sie, nun zum zweiten Mal in ihrem Leben, durch diese Gegend zog. Dann aber wanderten ihre Gedanken zurück zu jenem ersten Mal, als sie in Begleitung ihres Vaters dieses Gelände durchquert hatte.

Es war erst Ende September gewesen, die Herbstfarben hatten noch nicht so geleuchtet wie jetzt. Ihr fielen wieder die Worte ein, die ihr Vater damals gesagt hatte.

»Siehst du die Berge dort in der Ferne?«, fragte er. »Das sind die Vette Feltrine. Dort liegt die Grenze.«

Jole schaute in die Richtung, in die Augusto wies, und ließ dann, so wie er, den Blick auf diesen Gipfeln ruhen.

Er schwieg einen Moment und sprach dann weiter. »Weißt du, Jole, für dich ist das Wichtigste auf dieser Reise, dass du Neues aufnimmst, dass du dich verändert hast, wenn du nach Hause zurückkehrst.«

»Was meinst du damit?«

»Weißt du, ein guter Schmuggler ist wie der Wind. Das ist es, was du lernen musst: Man darf dich nicht sehen, darf dich nicht greifen können, und du musst ständig bereit sein, eine andere Richtung einzuschlagen.«

Jole hatte gelächelt, während sich ihr Vater einen Priem Tabak in den Mund gesteckt und langsam darauf zu kauen begonnen hatte.

Sansone trug sie mit gleichmäßigem Gang und schaukelte sie sanft von links nach rechts und von rechts nach links. Sie schob ihren Hut ein wenig in den Nacken, entblößte so ihre Stirn und richtete den Blick auf die felsgrauen Berge, die zwischen den Hügeln vor ihr aufragten. Bis morgen früh musste sie dort sein, dann weiter den Monte Pavione hinauf zur Grenze steigen, wo kurz darauf der lange Abstieg in Österreich begann.

Sie spürte, dass ihre Lippen, Mund und Kehle trocken geworden waren. Auch ihr Pferd hatte Durst, und je länger sie dort in der Sonne unterwegs waren, desto dicker wurde seine Zunge. Ohne sich umzudrehen, griff Jole zu einer Feldflasche an der Seite des Tieres und führte sie zum Mund. Leider war das Wasser nicht mehr sehr kühl, ein Bach wäre jetzt willkommen gewesen. Nach einer weiteren halben Stunde fing Sansone an zu beschleunigen – statt den Anstrengungen und dem Durst Tribut zu zollen und langsamer zu werden. Er bebte, ja, zitterte fast, so als würde ihn etwas mit Gewalt vorwärtstreiben. Jole erkannte, dass er Wasser witterte und bremste ihn nicht, bis er schließlich, immer noch schneller werdend, kurz darauf ein Rinnsal erreichte, das von einem Hang herunterfloss und nach wenigen Schritten zu einem Bach anschwoll.

Jole stieg ab und ließ Wasser in ihre Feldflaschen laufen. Sansone trank, bis sein Durst gestillt war, und dann zogen sie sich gemeinsam in ein Eichenwäldchen abseits des Weges zurück. Hier ruhten sie sich aus, und Jole aß von der Presswurst und ein Stück Morlacco-Käse mit einer Scheibe Schwarzbrot dazu.

Als sie schon daran dachte, sich wieder auf den Weg zu machen, vernahm sie plötzlich Stimmen, die tiefer aus dem Wäldchen kamen.

Sie lauschte: Man sprach Italienisch.

»Ganz ruhig ...«, flüsterte sie begütigend und streichelte das Pferd, bis es sich entspannte.

Sie band es an einen Baum und schlich, immer in Deckung, einige Schritte in die Richtung, aus der die Stimmen gekommen waren. Drangen diese zunächst wie ein vages Echo zu ihr, so wurden ihr nach und nach immer mehr Einzelheiten deutlich. Es waren vier, vielleicht fünf Männer, die lachten und scherzten. Sie verbarg sich hinter einer Eiche am Rand des Wäldchens und bemühte sich, sie genauer zu erkennen.

Kurz darauf wusste sie: Es waren Gendarmen der *Guardia di Finanza*.

Der Schweiß brach ihr aus, und das Herz pochte ihr bis zum Hals. Eine Hand fest auf das Holzpferdchen in ihrer Jackentasche gelegt, stand sie da und beobachtete einen Moment lang die Männer. So sah sie, dass sie sich zum Glück nicht in ihre, sondern in die entgegengesetzte Richtung bewegten und wohl nach Fanzaso abstiegen.

Mehr und mehr verklangen ihre Stimmen, bis die Entfernung sie ganz verschluckt hatte. Die Männer selbst allerdings konnte Jole immer noch erkennen, und sie sah ihnen nach, bis sie nur noch winzige Pünktchen und schließlich ganz verschwunden waren.

Erleichtert atmete sie auf und kehrte zu Sansone zurück. »Weiter geht's«, sagte sie zu ihm, »der Weg ist frei.«

So zogen sie voran, Stunde um Stunde, während sich die Felswände der Berge, auf die sie zuhielten und die von der gleichen Farbe wie ihre Augen waren, immer mächtiger vor ihr aufbauten.

Sie erreichten eine Talmulde, in der sich ein See mit blauem, tiefem Wasser ausbreitete, dessen Ufer von Raben und Bachstelzen bevölkert waren. Am Himmel darüber kreisten Bussarde und stießen in einem fort Jagdlaute aus.

Jole zog daran vorüber und gelangte zu einem weiteren Wildbach, der sich an der Hangseite als Wasserfall tosend zu Tal stürzte. Sie hielt an und lauschte mit geschlossenen Augen dem Rauschen seiner Fluten, während der eiskalte feine Wassernebel, der davon aufspritzte, ihr von Wind und Sonne gerötetes Gesicht erreichte und sie angenehm erfrischte.

Vielleicht fünfzig Meter von ihr entfernt, entdeckte sie auf ihrer Uferseite einen großen Hasen. Der passende Moment und der richtige Ort, um ein Tier zu schießen, überlegte sie, denn das Rauschen des Wasserfalls würde jeden Schuss übertönen.

Sie griff zum Gewehr, zielte auf den Hasen und erlegte ihn mit einem Schuss. Als sie vom Pferd stieg, um sich die Beute zu sichern, überflog ein Lächeln ihr Gesicht. Stolz befestigte sie den Hasen an einem der Riemen, die vom Zaumzeug ihres Pferdes herabhingen, und setzte ihren Weg fort.

Es war kurz vor Sonnenuntergang, als sie, hungrig und erschöpft, einen Ort erreichte, den ihr Vater Val Storta, krummes Tal, genannt hatte: eine Gebirgsmulde, die hinter einem Sattel in eine Wiese auslief, die von zwei hohen Felswänden umstanden und so vor heftigen Winden geschützt war. Dort stieß sie auf einen Hirten mit einer Herde von Burlina-Rindern. Sie zählte sie, es waren siebenundzwanzig.

Der Himmel war klar und blau, und die beiden einzigen Wolken, die dort standen, wurden von den Gelb-, Gold- und Rottönen des Sonnenuntergangs überflutet. Es war schnell abgekühlt, und die leichte Luft prickelte im Gesicht.

Zwischen den Kühen ritt sie langsam auf den Hirten zu, der sie mit undurchdringlicher Miene und abwesendem Blick ansah, der typische Blick aller Viehhüter, wenn sie von den Sommerweiden zurückkehrten, wo sie monatelang abgeschieden von der Welt gelebt hatten.

Jole erinnerte sich, was man in Nevada über Hirten zu sagen pflegte, nämlich dass sich ihr Blick deswegen im Leeren verlor, weil Hexen und Waldgeister sie in der langen Einsamkeit ihrer Erinnerungen beraubt hätten, wenn nicht sogar ihrer Seele.